玲依的世界 Re:I 1

Another World Tour

時雨沢恵一

Illustration
黑星紅白

Kadokawa Fantastic Novels

第一話「初次工作的回憶」—Memories Lost—

第二話「歌唱戰爭，出征！」—MAD—

第三話「領主結婚記」—Spectator—

第四話「不滅的蠟燭」—Murder Case !?—

第五話「唯一的願望」—How to Survive—

第六話「救贖的方法」—Salvation—

CONTENTS

1

第一話
「初次工作的回憶」
—Memories Lost—

第一話「初次工作的回憶」

—Memories Lost—

那間非常小的演藝經紀公司就位在城市裡的某個角落。

在民營鐵路的車站前方，有一棟毫無疑問是在昭和時代建成的狹窄住商大樓。外牆上都是可疑店家的看板，而那間經紀公司就位在三樓。

只要來到狹窄的梯廳——

「有栖川演藝經紀公司」。

就能看到掛著寫有這行文字的小型公司名牌，接著再走過那扇門，就能來到一個把會客室與辦公室結合起來的房間。

隔壁還有一個用毛玻璃窗隔起來的房間，掛著寫有「總經理室」的名牌。

就在這間總經理室裡面——

「儘管開心吧，玲依！妳的第一份工作定下來了！而且就是現在！妳要努力表現喔！」

一名女子穿著鮮紅色窄裙套裝，背對打開一半的百葉窗坐著，沐浴著早晨的陽光如此喊道。

她是這間演藝經紀公司的總經理，號稱年過四十，外表卻比實際年齡年輕許多。

命！總經理！雪野玲依必定會全力以赴！做好自己的第一份工作！」

十五歲的女高中生雖然沒有舉手敬禮，依然在桌子前面直挺挺地站

充沛地如此回答。

她身高大約一百五十公分，穿著右胸口的巨大藍色緞帶很醒目的白色連身

制服，用髮箍固定住及腰的黑色長髮。

總經理繼續說下去：

好！那妳立刻出發！詳細情況就問那位娃娃臉經紀人吧！加油喔！」

「好的！」

玲依雙眼閃閃發亮，大聲回答，然後轉頭看向站在她斜後方，穿著深藍色西裝的嬌小男子。

「因幡先生！今天要麻煩你了！」

這位叫作因幡的男性經紀人個子很小，身高只有一百五十五公分左右。不曉得是天生還是染的，他有一頭漂亮的白色短髮，還有一雙圓滾滾的大眼睛。他就像是一位純樸的外國少年，看起來比玲依還要年輕。

因幡先看了玲依一眼，然後轉身看向總經理。

「這樣真的好嗎？」

他露出狐疑的表情，用跟外表一樣年輕的聲音這麼問。

「現在就派出這傢伙……難道不會太早了嗎？」

女總經理微微一笑。

「今日不去，更待何時？」

「確實是這樣沒錯……可是……」

「那就這麼決定了。」

「那……我就帶她過去了。」

因幡不太情願地答應，然後轉頭看向玲依，居高臨下地命令她。

「跟我來。別忘記帶服裝。」

「好的！」

玲依跟著因幡邁出腳步。

「玲依。」

總經理叫住了她。

「是！」

玲依停下腳步轉過身。總經理用溫柔的眼神盯著她，說出了這番話：

「這是妳的第一份工作。妳可能會很緊張，但只要盡力而為就行了，別害怕失敗。就算妳真的搞砸，大家明天應該也都會忘光——妳就帶著這種想法去做吧。我相信妳一定做得到。」

玲依露出燦爛的笑容。

「是！我會努力的！」

玲依回到房間，拿起小皮革包和一個大波士頓包。

「動作快。」

「好的！」

聽到雙手空空的因幡如此催促，玲依走出經紀公司的大門，走進位在門邊的破舊小型電梯。

他們搭乘彷彿明天就會故障的電梯來到地下一樓，眼前是四面都是水泥，而且半數燈泡早就壞掉的昏暗狹窄停車場。

在這個只能停放五輛車子的停車場，一共停著三輛車。一輛是黑色國產廂型車，一輛是鮮紅色高級進口跑車，另一輛則是黃色的小型四輪驅動車。

因幡坐進廂型車的駕駛座，玲依也準備坐進副駕駛座。

「不對，妳去坐後面。」

「啊……好的！」

確認玲依繫好安全帶之後，因幡緩慢地開動車子。

車子衝上通往出口的陡峭斜坡，穿過昏暗的洞穴，最後被耀眼光芒包圍。

＊　＊　＊

當玲依的眼睛適應外面的亮度時，車子已經在車站前的大馬路上奔馳了。

不過，馬路上幾乎沒有車子，簡直就像被他們包了下來。

「路上的車還真少。」

玲依誠實說出自己的感想。

坐在駕駛座上的因幡戴著墨鏡，用嬌小的身軀開著大車，以疑似違規的車速在路上奔馳。

「妳也看得出來嗎？」

因幡有些佩服地這麼問。

「車子少成這樣，我當然看得出來～～！」

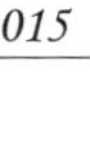

玲依笑著這麼回答，因幡便一臉嚴肅地說：

「這樣啊……」

「我遠比你想的還要聰明！應該吧！」

「應該啊……那我們來談談妳今天的工作吧——」

因幡壓低聲音，開始談公事。

「請說！」

玲依迅速從皮革包裡拿出筆記本，專心聽因幡說話。

「妳得在某個小鎮的舞台上獻唱，幫那個小鎮的音樂節活動炒熱氣氛。」

「好的！要我唱歌對吧！終於可以在觀眾面前唱歌了！我明白了！我會讓你見識我過去苦練的成果！」

「妳沒有自己的歌曲，只要翻唱以前練習過的熱門歌曲就行了。」

「好的！我會努力！」

「這是臨時進來的工作，所以完全沒有讓妳在舞台上彩排的時間。如果觀眾的反應不錯，妳想多唱幾首歌也行。」

「我會努力的！」

「可是，別忘記情況也可能正好相反。」

「嗚！我會努力的！」

「觀眾都是那個小鎮的居民，所以男女老少都有。不是所有觀眾都想聽一個還沒出道的新人唱歌，就某種意義來說，那裡完全不是妳的主場。」

「好的！我早就做好覺悟了！我想成為演員與歌手！如果不能在任何地方演戲或唱歌，我未來也不可能成功！」

「是嗎？那我最後還有一件最重要的事要提醒妳——」

「請說！」

「那個小鎮離這裡很遠，就算我們走高速公路，也得花上三個鐘頭。妳先好好睡一覺吧。這是命令。」

「明白了！我馬上就睡！」

玲依迅速合上筆記本，閉上雙眼低頭就睡。

從照後鏡看到她的睡臉後，因幡轉動方向盤，把車子開上高速公路。

「玲依，快起來。我們要去跟對方打招呼了。」

「啊……！」

「記得把口水擦乾淨。」

「好的！」

玲依看向窗外，車子已經停在被綠色環繞的停車場。

這裡是一座平坦且寬敞的灰色停車場。在午後的太陽底下，青翠的稻子在周圍的水田裡搖擺，一直綿延到很遠的地方。在這片水田的盡頭聳立著有如屏風的高山。

這裡還有一棟跟這座停車場一樣，與周圍景色格格不入的大型建築物，而且外牆上還掛著鎮公所的看板。

玲依用手帕擦了擦嘴角，拿起自己的兩個包包下車。空氣裡瀰漫著顯然異於東京的清爽自然氣息。

在離這裡幾十公尺遠的寬敞停車場中央，有一個只用金屬管和板子搭建而成的簡易臨時舞台。

她還看到舞台對面聚集了好幾百個人。那些人把野餐墊鋪在停車場的地上，直接席地而坐。

太鼓與笛子的聲音突然響起。那是祭典的樂曲，單調的和太鼓節奏與笛聲在廣闊的天空飛揚。

因幡走在前面，頭也不回地這麼告訴玲依：

「那是這個小鎮臨時舉辦的音樂節活動。雖然當地學校的管樂社與祭典太鼓隊都有出場，主辦方還是希望能至少邀請到一位偶像，也就是年輕的女歌手上台表演。不過，不管是當紅偶像還是地下偶像，都拒絕了他們的邀請，所以最後才會找上我們經紀公司。」

「原來如此，我明白了。」

玲依拿著兩個包包跟在因幡身後。儘管因幡身材嬌小，步伐卻相當急促。他無視玲依的速度快步前進，讓玲依必須小跑步才能跟上。

「因幡先生！就算這是大家都拒絕才輪到我頭上的工作，我也會全力以赴的！畢竟這可是我值得紀念的首次登台！」

聽到玲依鬥志高昂地這麼說，因幡轉過頭來。

「是嗎？不過，這種話可不能對客戶說。妳要假裝什麼都不知道。」

「我當然不會說出這種話！」

因幡帶著跟在身後的玲依走向舞台後方的大帳篷。

一群西裝男子起身迎接他們。說過例行的客套話後，因幡就把玲依介紹給對方。

「鎮公所的各位——她就是本經紀公司的新人，名叫『雪野玲依』。今天還請大家多多指教。」

被他這樣介紹後，原本直挺挺站著的玲依深深低下頭。

「我叫雪野玲依！今天會拚命為大家獻唱！請各位多多指教！」

在那群男人之中，有個過了中年——邁入初老階段的男子露出泫然欲泣的表情走向玲依。

男子緊緊握住玲依的手，害她嚇了一跳。然後男子還低下頭，像是要膜拜她一樣。

「啊啊，太感謝了！謝謝妳願意過來！那就萬事拜託了！」

玲依被對方的魄力嚇到。

「沒問題！感謝各位今天的邀請！」

不過，她還是同樣深深低下頭，差點就要賞男子一記頭槌。

讓人昏昏欲睡的單調祭典樂曲結束後，就輪到當地國中生不太熟練的管樂社演奏傳進帳篷。而玲依與因幡正在帳篷裡面，跟鎮公所的職員們討論表演的內容。

他們討論晚點要演唱的歌曲還有演唱的順序，最後選擇了玲依練習過最多次的三首歌曲。

此外，他們還考慮到有可能需要加演，又多選擇了兩首歌。因幡把自己帶來的伴奏音源交給負責音響設備的工作人員。

後來玲依在對方準備的超小帳篷裡換上自己帶來的舞台表演服。她還替自己化妝，頭髮也是自己整理的。

玲依為這一天準備的舞台表演服是一件跟那套制服很像的白色連身裙，裙襬還用裙襯撐了開來。

只有右肩與右手臂穿著半件深藍色的外套，右胸口掛著造型可愛，但其實只是裝飾品的勳章。

腳上穿著黃色絲襪，以及鞋跟略高的高跟鞋。

頭上戴著一個兔耳造型的髮箍。

做好準備後，玲依走出帳篷，讓站在入口旁邊顧門的因幡看看自己的樣子，還在原地轉了一圈。

「我努力打扮好了！因幡先生，你覺得這樣好看嗎？」

「嗯，還算可以吧。」

「既然因幡先生都這麼說了，就表示……我這身造型相當完美呢！」

「嗯……就當作是這樣吧。」

「我就把這句話當成讚美吧！我這個人很單純，只要被人吹捧稱讚，就會發光發熱！當然，我也知道絕對不能得意忘形！」

「是嗎？那妳千萬不能得意忘形，自己隨便亂搞喔。」

「我才不會那麼做呢！」

後來，鎮公所的職員們也都看到玲依穿著舞台表演服的樣子。

「天啊！真是太可愛了！」

「是啊，看起來就像一位偶像呢！」

「好可愛！妳真是太棒了！」

「我們這個小鎮終於也請到偶像了！」

然後她就被大肆吹捧了一番。

「各位鎮民！偶像即將登場！我們這個小鎮終於請到偶像了！」

那名初老男子其實就是鎮長。他露出泫然欲泣的表情，站在舞台上致詞。

在這個遼闊的天空即將轉為暮色的世界，數百位鎮民都待在寬廣的停車場，看著臨時搭設的舞台。

這些鎮民可說男女老少都有——實際比例則是老人多過年輕人，男人多過女人。

在這些觀眾前方還夾雜著剛才那群負責打鼓，身上穿著祭典法被的孩子，以及技巧絕非出色卻依然努力演奏的國中生。

因為不知道要上台表演的人是誰，面露期待與顯得不安的觀眾各占三成，剩下的四成則表現出不以為意的樣子，一臉對任何事都不感興趣的陰沉表情。

「今天要上台表演的是剛出道的新人偶像！雪野玲依小姐！聽說我們這個小鎮的舞台還是她值得紀念的首次登場！讓我們用熱烈的掌聲歡迎她！」

台下響起微弱的掌聲，硬是把音量加大的小型揚聲器開始播放音樂。

國民偶像團體曾經在幾年前唱過，每個人都聽過也早就聽膩的歌曲前奏隨著破音開始播放，傳到稻田上方的遼闊天空。

玲依從舞台側幕後方現身，小跑步衝向舞台中央，結果在停下腳步時摔了一跤。

「唔啊！」

麥克風摔到地上，發出巨大的聲響，讓觀眾們有一瞬間都皺起臉。

「啊……！」

玲依從地板上跳了起來。

「大家好！我是雪野玲依！請大家多多指教！」

她先快速向觀眾問好——

然後唱起每個人都聽過也早就聽膩的偶像歌曲。

玲依已經唱完事先準備好的五首歌了。

「安可！安可！安可！」

然而，觀眾們的呼喊聲沒有停下來。

原本坐著的觀眾全都站了起來，在舞台邊緣擠成一團。甚至還有老爺爺被年輕人擠壓倒地，被人抬到旁邊，但又想看玲依表演，就自己跑回舞台邊緣賴著不走。

「那個……各位觀眾……真的很感謝你們！非常感謝！」

玲依拿著麥克風這麼說，聲音因為歡喜而顫抖。

「可是……其實我已經……唱完事先準備好的歌曲了……要是繼續唱同樣的歌，實在有點奇怪……」

「那就讓我們來伴奏吧！」

待在人群前方的國中生們如此喊道。他們都是剛才有上台演奏的管樂社成員。

「那我們就負責打鼓！」

身穿祭典法被的孩子們也站了起來。

然後——

「那麼！就大家一起表演吧！我還能繼續唱下去！」

玲依對著麥克風這麼大喊，讓觀眾們大聲歡呼。

「結果還是給我隨便亂搞了。」

因幡獨自站在舞台側幕旁邊，聳了聳肩。

「那個，因幡先生……」

鎮長怯生生地跑來找這位看似少年的經紀人說話。

「時間方面……沒問題嗎？那個女孩……肯定也有想在今天之內回去的地方吧……」

因幡輕輕搖了頭，露出完美的虛假笑臉。

「沒問題。工作就得做到最後才算完成。她已經是個出色的職業偶像了，應該也明白這個道理。」

「喔喔……」

鎮長的雙眼流下淚水。他似乎是想道謝，只是沒能發出聲音。

結果直到太陽完全下山，天色徹底暗下來，玲依都沒有停止歌唱。

雖然管樂社成員的演奏技巧不是很好，卻擁有非常多的曲目。即便是頭一次演唱的歌曲，玲依還是能看著歌詞卡，成功唱完整首歌。她從流行樂曲一路唱到演歌，甚至連在現場學會的「鎮歌」都唱了，得到眾人熱烈的掌聲。

最後——

「各位，這場活動也差不多該結束了……」

直到鎮長上台致詞為止，玲依都一直唱著歌。

「我想請來到這個小鎮獻唱的第一與最——第一位偶像雪野玲依小姐，在最後向大家說幾句話。」

被鎮長要求致詞後，玲依拿著麥克風走到舞台中央。

在漆黑的天空底下，用大型堆高機把車子抬起來的臨時聚光燈照耀著舞台上的玲依。

「大家！」

她臉上滿是汗水，聲嘶力竭地大喊。

「第一次上台表演！就能與溫暖的大家一起！我真的非常幸福！」
就在觀眾們的情緒與歡呼聲都達到今天最高潮的瞬間——
原本昏暗的世界瞬間變得火紅，一切事物都被熱浪融化。

＊　＊　＊

「奇怪？」
「妳醒了嗎？真剛好，我們到了。」
玲依在廂型車的後座醒了過來。
她還穿著舞台表演服，身體也被後座的安全帶固定住。車子就停在經紀公司地下的昏暗停車場。
「因幡先生……我什麼時候回到車上的？」
「妳不記得了嗎？」
「完全不記得……」

「妳還記得最後發生了什麼事嗎？」

「我只記得自己跟大家一起唱了好多首歌，鎮長還要我在最後致詞，我就大聲吶喊，結果眼前突然變得一片通紅……」

「妳明明記得很清楚嘛。原來如此。詳細情況等回到經紀公司再說，妳先下車。」

當玲依搭乘彷彿明天就會故障的電梯回到經紀公司時，總經理還待在窗外閃爍著霓虹燈的總經理室裡面。

「歡迎回來。」

她帶著笑容迎接玲依與因幡。

「總經理，我們回來了。」

「我回來了！」

「好～～辛苦兩位了。玲依，我晚點會跟妳說明很多事情，妳先去沖個澡，

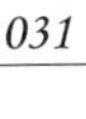
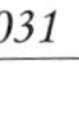

換掉身上的衣服吧。」
「好的！我這就去！」
玲依用經紀公司裡的小型浴室沖過澡後，因為沒有其他替換衣物，只好穿著制服回到會客室。
「因幡都告訴我了，聽說那場活動辦得很成功。」
總經理一手拿著咖啡杯，劈頭就說出這句話。
會客室的矮桌上擺著玲依的馬克杯。玲依在總經理的對面坐下，而因幡就站在她旁邊。
「是啊！我唱得非常過癮！真的很開心！我覺得自己有把歡樂帶給大家！可是……當我回過神的時候，人已經回到車上，總覺得莫名其妙。」
「好啦，該從哪裡開始說明呢？哎，簡單來說，妳剛才去的地方其實是『平行世界』。」
「什麼？咦？平行——什麼東西？」

「平行世界。換句話說，就是雖然跟我們居住的世界很像，卻絕對不會有交集的另一個世界。」

「妳……妳說什麼……？」

「嗯，難以置信吧。算了，妳不相信也沒關係，只要先聽我說完就行了——關於妳剛才去的那個平行世界，人類已經在剛剛滅亡了。」

「啊？這話……是什麼意思……？」

「那個世界是一個跟我們所在的這個世界十分相似的平行世界。那裡跟這個世界一樣有許多國家，也有這個國家，還有小鎮與偶像……不過，就只有一個地方不同。那是一個大家早就知道地球會被直徑約五百公里的隕石直接撞上的世界。因為那顆隕石實在太過巨大，不管人類如何掙扎，就算把全世界的核彈統統射過去，也無法避免人類滅亡。」

「所以呢……？」

「那個世界的居民早在三年前就得知這件事，只能接受人類即將滅亡的命運。他們沒有狼狽地掙扎，也沒陷入紛爭，而是選擇在僅存的時間裡悠閒地過活。而那個小鎮決定在最後舉辦一場音樂節活動。儘管他們自己也會上台演奏，還是希望能有一位那個鄉下小鎮從未邀請到的偶像擔任壓軸。可是，大家的想法都一樣。知名歌手早就被邀請光了。畢竟當時在東京的國立競技場還舉辦了一場全日本歌手齊聚一堂輪流獻唱的演唱會。」

「所以才會找上我嗎？」

「沒錯。妳這個還沒出道的新人就是這樣被選上的。妳聽懂了嗎？」

「應……應該聽懂了……」

玲依呆愣地用雙手握著馬克杯，然後怯怯地這麼問：

「那我最後看到的紅光就是隕石嗎？」

「應該是吧——因幡，是這樣嗎？」

總經理把剛才人在現場的經紀人拉進對話。

「正確來說，那其實是隕石撞上地球時產生的強烈熱浪。不過，因為那是在一瞬間發生的事，我也無從確認就是了。那顆隕石本身並沒有墜落在我們看得到的地方。要是我們看得到，場面應該會很壯觀。」

因幡說得像是有點想親眼見識。

「那……那個世界後來怎麼樣了……？就這樣永遠消失了嗎？」

「怎麼可能。」

回答的人不是總經理，而是因幡。

「世界不會消失，就只是有顆巨大隕石墜落在那個世界的地球罷了。半數的人類死於隕石撞擊，剩下的另一半人類則是死於籠罩著地球的熱浪。地球會在一段時間內處於猛烈的高溫下，之後又會一口氣變得寒冷，最後變成一顆冰凍的行星吧。」

「那剛才那些人……」

「當然是死光了。」

「…………」

看到玲依呆呆地張著嘴，總經理告訴她：

「他們在最後聽到妳唱歌，不是都很亢奮嗎？」

「是啊……」

「他們應該聽得很開心吧？」

「是的……」

「那就好。玲依，妳做得很好。辛苦妳了。」

「…………」

「需要幫妳重新加熱咖啡嗎？」

玲依低頭注視著自己在杯子裡的倒影，總經理便這麼問道。

玲依抬起頭。

「不用了，謝謝總經理。」

她先是這麼回答，然後又對總經理發問：

「我還不是很清楚發生了什麼事……不過，我跟因幡先生剛才確實去了跟這裡很像的另一個世界對吧？」

「是啊。」

「為什麼我們辦得到那種事……？」

「因為只要跟因幡在一起就辦得到。」

「那……為什麼因幡先生辦得到那種事？」

「妳去問他本人吧。」

玲依把馬克杯放在桌上，轉頭看向因幡。

「因幡先生，為什麼你辦得到那種事呢？」

「因為我就是辦得到。」

因幡如此回答。

「總經理……我可以再問妳一個問題嗎？」

「什麼問題～～？」

「為什麼我們這次會去其他世界工作？」

「因為這裡本來就是這樣的經紀公司。我們是專門把女演員或歌手——派遣到跟這裡很像卻又有些不同的平行世界，或是截然不同的異世界去表演的演藝經紀公司。」

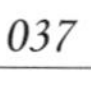

「這種事……妳好像從來沒有跟我說過……！」

「我當然沒說過。」

「怎麼這樣！」

「因為就算我說了，妳也不會相信，我才會對妳隱瞞這件事，直到妳頭一次出去工作，親眼確認過。」

「…………」

「總之，恭喜妳完成第一份工作。玲依，辛苦妳了。」

「…………」

「因幡都告訴我了，他說妳很有天分，不管在什麼地方都能發揮出平常練習的成果。他不會直接稱讚別人，只好由我來幫他說。」

玲依再次轉頭看向因幡，但因幡立刻別過頭去。

「事情就是這樣，我今後還想繼續請妳幫忙，不知道妳是否願意？我們這裡只有在平行世界與異世界唱歌演戲的工作。當然，既然妳已經知道實情，也可以說：『這不是我想要的演藝活動！』拒絕這些工作。」

總經理開心似的說出這些話。

「…………」

玲依看著這樣的她，陷入沉默。

「畢竟在我們居住的這個世界，完全不會有人知道妳今後的表現。不管是想成為給大家帶來活力的知名歌手，還是一位演員，妳的夢想——會實現，但也不算真的實現。」

「…………」

「說吧，妳想怎麼做？」

完

第二話
「歌唱戰爭，出征！」

—MAD—

第二話「歌唱戰爭，出征！」

——MAD——

那間非常小的演藝經紀公司就位在城市裡的某個角落。

在民營鐵路的車站前方，有一棟毫無疑問是在昭和時代建成的狹窄住商大樓。外牆上都是可疑店家的看板，而那間經紀公司就位在三樓。

只要來到狹窄的梯廳——

「有栖川演藝經紀公司」。

就能看到掛著寫有這行文字的小型公司名牌，接著再走過那扇門，就能來到一個把會客室與辦公室結合起來的房間。

隔壁還有一個用毛玻璃窗隔起來的房間，掛著寫有「總經理室」的名牌。

就在這間總經理室門前——

「四十五……四十六……四十七……」

有一位正在做體幹訓練運動，十五歲左右的女孩。

她身高大約一百五十公分，穿著深紅色的整套運動服，把黑色長髮綁成馬尾。

女孩在堅硬的地板上鋪了瑜珈墊，只用手肘、前臂與腳尖靠在墊子上，努力讓身體保持筆直。

她就這樣維持這種姿勢。

「五十……五十一……」

她的臉上冒出汗水，一邊讀秒一邊拚命撐著身體。

「五十四……」

就在快數到六十的時候，她的身體開始微微顫抖。

「五十五……」

即便經紀公司的大門被人打開，身穿鮮紅色窄裙套裝的女子走了進來，她

也沒有發現。

她是這間演藝經紀公司的總經理，號稱年過四十，外表卻比實際年齡年輕許多。她剛走進來，看到那個女孩，就說了這句冷笑話：

「太晚來台灣了。」

「噗！」

女孩全身無力，整個人摔到軟墊上。她當時正讀到五十六秒。

「總……總經理！」

女孩甩著馬尾站起來，用抗議的眼神看向這間經紀公司的總經理。

「好好好，這可不是我害的喔～～早安啊，玲依。」

「總經理早安！我剛才差點就要打破六十秒的紀錄了！」

「紀錄本來就是要讓人阻止的東西。」

「是『要讓人打破』的東西！」

「別生氣嘛。話說回來，現在明明還很早，妳還真是努力。」

總經理輕輕拍了玲依的肩膀，然後坐在會客室的沙發上。

玲依把手伸向咖啡機，按下上面的按鈕讓機器可以自動泡好咖啡後，重新轉身面對總經理。

「我要鍛鍊自己！因為『演藝活動就是一場戰爭』！」

「妳以前也這麼說過。那到底是誰說過的話？」

「我記得以前好像在某本小說上看過這句話！」

「那是什麼樣的小說？我也想讀看看～～！」

「我想不起來了……」

「這樣啊。因幡人呢？」

總經理突然問起不在現場的傢伙。

「我今天還沒看到他……」

玲依忙著用毛巾擦乾臉上的汗水，對著總經理搖了頭。

「那他應該是去接洽新工作了吧。」

「妳是說……他跑去『其他世界』了嗎？」

玲依探頭看向總經理並問道。

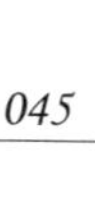

「當然。」

總經理輕描淡寫，彷彿他只是去便利商店買東西。

「那樣……難道不會危險嗎？」

「有時候確實會遇上危險。」

「這……這樣不會害他死掉嗎？」

「有時候確實會死。」

「不會吧！」

「可是，妳和因幡上次去那個『跟這裡很像的平行世界』時，不也都死掉了嗎？」

「咦？啊，是……是這樣沒錯啦……」

「只要死掉就能回來了。換句話說，不管發生什麼事，他都能平安回到這個世界，不必替他擔心。」

「真的嗎……總經理，妳怎麼說得好像自己也去過一樣？」

「我只是從因幡那邊聽來的。他怎麼還不回來？我的咖啡還沒好嗎？」

機器裡的咖啡還只有一點點。

「我回來了。」

「歡迎回來～～！真是說人人到！」

因幡回來了。

他的身高只有一百五十五公分，以男人而言算是相當嬌小，穿著一套深藍色的西裝。

那頭白色短髮是他最大的特徵。他還有雙圓滾滾的大眼睛，看起來就像一位外國的少年。

「歡迎回來！有接到工作嗎？」

「有，我接到工作了。」

「很好，真不愧是本公司的王牌經紀人兼業務！」

總經理把手舉到頭頂鼓掌。

「因幡先生，你要喝咖啡嗎？」

正準備幫總經理拿出杯子的玲依這麼問。

「不需要。先別管這個，妳快去準備上台唱歌要穿的衣服！我們要去工作了！」

「現在就去嗎？」

「沒錯。妳直接穿這身衣服去就行了。」

「那我先去沖個澡……」

「不需要。」

「沒問題。玲依，妳快去吧！咖啡我可以自己倒，妳不需要操心。」

「啊！好的！——請問……我們又要去『平行世界』嗎？」

玲依看向因幡詢問。

「不對。」

他立刻搖了頭。

「我們這次要去異世界。」

因幡空著手，玲依則是穿著運動服，手裡拿著小皮革包與大波士頓包。他們走出經紀公司的大門，走進位在門邊的破舊小型電梯。

他們搭乘彷彿明天就會故障的電梯來到地下一樓，眼前是四面都是水泥，而且半數燈泡早就壞掉的狹窄昏暗停車場。

在這個只能停放五輛車子的停車場，一共停著三輛車。一輛是黑色國產廂型車，一輛是鮮紅色高級進口跑車，另一輛則是黃色的小型四輪驅動車。

「我們今天要開這輛車過去。」

因幡走向那輛四輪驅動車。

「這輛車好可愛喔！」

玲依跑到車子的另一邊，想坐進後座。

「糟了！我找不到後門！」

「這種車子就是這樣。妳坐在副駕駛座吧。行李可以放在後座。」

「好……」

玲依按照吩咐坐上車。

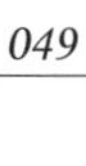

「別忘記繫上安全帶。」
「我才不會忘記任何事！」
「這可難說。」
因幡發動引擎。因為車子裡很熱，他打開左右兩邊的車窗。
小型四輪驅動車在停車場裡緩緩前進。
「這次也是——只要離開停車場，就能到達異世界嗎？」
聽到玲依這麼問，因幡看著前方點了頭。
「沒錯。而且這次一眼就能看出來。」
四輪驅動車爬上陡峭斜坡，開進昏暗的隧道。出口近在眼前，但前方實在太過耀眼，讓人什麼都看不見。
「我這次也是只要一路睡到底嗎？」
「對。」
因幡如此回答，嘴角流露出些許笑意。
「只要妳睡得著就行。」

＊　＊　＊

四輪驅動車鑽過昏暗的洞穴，進到一片光芒之中。然後，玲依終於看見眼前的景色。

「唔哇啊……」

那是一片遼闊的荒野。

她看到不存在於日本的任何地方，土黃色大地一直延伸到地平線盡頭的光景。而這輛四輪驅動車正揚起塵土，在其中悠閒地奔馳。

玲依隔著擋風玻璃看向天空。

「唔哇啊……」

她看到不存在於地球上的任何地方，同時有兩個太陽在空中閃耀的光景。

因為冷空氣從窗戶灌進來，因幡關上車窗。

「啊！」

玲依發現某件事，猛然回過頭，隔著後車窗看向外面的景色。她還是只能看到黃土的地平線，至於其他東西——也就是大樓與停車場的出口都看不到。

玲依重新轉身面對前方，看向坐在自己右邊的因幡。

「為什麼停車場的出口會通往其他世界？」

「就算我解釋了，妳應該也聽不懂。坐好，我要加速了。妳要盡量坐穩，免得撞到頭，也可以抓住左上方的握把。」

「我知道了。放心，我有在鍛鍊體幹！」

玲依才剛說出這句話，四輪驅動車就猛烈加速。

「唔呀啊！」

在沒有馬路的荒野上，車子顛簸地衝了出去。

「我還以為自己要沒命了……」

「要是妳這樣就死掉，我會傷腦筋。」

當兩個太陽升到最高處時，完全累癱的玲依與在荒野中帥氣飆車的因幡終於來到一座「城堡」的前方。

這座用石塊搭建而成的巨大城堡就聳立在險峻山谷的中央，不讓別人通過。這座城堡有著非常奇特的造型，跟地球上的任何城堡都不一樣。

左右兩側只有高山，以及沒有草木的陡峭山峰。

「這種地方到底住著什麼樣的人呢……？該不會不是人類吧？」

「不，這邊的話住的都是人類。」

「『這邊的話』？」

當他們來到緊閉著的城門前方時，沉重的巨門逐漸敞開。

一群身穿白色金屬鎧甲，戴著堅硬頭盔，手裡拿著長槍，跟健美先生一樣強壯的士兵走了出來，迎接因幡的車子。

實際來到那群士兵身邊，玲依才發現他們的身高都超過兩公尺。因為穿著鎧甲，讓他們看起來更魁梧了。

四輪驅動車才剛進到城裡，城門就立刻關上。

一群高大的肌肉猛男拿著長槍，圍著一輛小型四輪驅動車，在單調的石造城鎮裡前進。然後他們爬上城裡的石造斜坡好幾次，最後再次回到天空底下。

「好了，拿著行李下車吧。我先介紹這次的客戶給妳認識。」

「好的！我現在可不會被一點小事嚇到。」

玲依說出這句話，打開車門下車，看向眼前的景色。

「唔呀啊！」

然後她嚇得跳了起來。

這裡是城牆邊緣的瞭望台，欄杆前方是一道絕壁。

在數十公尺底下，從這裡一覽無遺的大地上——遍布著大量屍體。

在那些士兵的屍體之中，還夾雜著不是人類也不是動物的異形屍體。一定要形容的話，那種異形就像是巨大的章魚，而且體型也有兩公尺左右。

那種異形生物穿著紅色鎧甲，身上長著好幾隻手臂。看就知道不是人類武器的長槍與刀劍就掉落在它們的手臂旁邊。

周圍飄散著生物腐爛的臭味與血腥味。

「…………」

玲依抬起視線。這個布滿雙方屍體的空間延續了一百公尺左右，盡頭則是一道橫向延伸的柵欄。

那道柵欄是用許多根巨木組建而成，筆直橫跨了山谷，長幾百公尺。因為柵欄實在太長，讓它看起來好像很矮，其實高度也有幾十公尺。

在那道柵欄的上方，有一群穿著紅色鎧甲的異形生物正在活動。

玲依可以隱約聽見疑似鎧甲發出的金屬碰撞聲。

「那邊是敵軍的陣地。」

因幡如此解釋。

「敵……敵軍……？」

「正是如此！我們正在跟那些傢伙打仗。」

某人大聲插話。那是一位穿著特別華麗的白色鎧甲，體格也特別高大的壯漢。

他的下巴留著濃密的鬍鬚，年紀大約五十幾歲。他讓幾名士兵拿著圓盾在

左右兩側護衛，沿著石地板走了過來。

「玲依，他就是這個世界的國王陛下，也是我們這次的客戶。妳先打聲招呼吧。」

「好、好！——我叫雪野玲依！今天會拚命為大家獻唱！請多多指教！」

穿著運動服的玲依向國王鞠躬。

「嗯，那就萬事拜託了。玲依，只要作戰順利成功，我一定重重有賞。」

「好、好的！呃，可是——」

「陛下，我還沒告訴她這次的工作內容，可以請您給我們一點時間嗎？我覺得先讓她看看實際情況，應該能讓她更快理解現狀。」

因幡如此提議。

「好！那就讓我來說明吧！」

國王陛下主動說要負責說明。因幡恭敬地低下頭，往後退了幾步。

當國王陛下跟玲依站在一起時，身高差距甚至比大人和小孩還要大。玲依抬頭仰望國王。

「跟我過來。」

「好……好的。」

兩人走到欄杆前面，眺望著眼前的景色。

「玲依，來自異世界的嬌小少女啊——妳有看到那道柵欄，還有那群在上面蠢動的怪物嗎？」

「我看到了。」

「那些怪物就是在這個世界與我們人類不斷血戰的敵人。它們沒有名字，我們都用『那些傢伙』或『怪物們』來稱呼它們。」

「這樣啊……」

「那些傢伙也擁有智慧，會使用語言、工具與火，卻完全無法與我們人類共存。它們種植的農作物，我們無法食用，反之亦然。有史以來，在這個只有荒野的世界，我們雙方一直為了農地與水源，也就是資源與土地爭鬥。贏得這場戰爭的一方，應該就能在這個世界存活下來吧。玲依啊，在妳居住的世界，應該沒有那種敵人吧？」

「呃……對。」

「那就代表人類不需要把力氣花在鬥爭上，想必是個和平的世界吧。」

「咦？這個嘛……是啊……可能真的是這樣吧。」

「真令人羨慕。可是，那不是我現在需要在意的事。而且我們也沒時間了，因為我們已經被敵人逼入絕境。」

國王陛下舉起樹幹般粗壯的手臂，指向遠方的柵欄。

「那道柵欄以前是在更遙遠的地方。可是，我們現在被敵軍成功推進到了這裡。這座城堡讓我們還能勉強守住這道防線，但現在也快撐不下去了。」

「我好像大致明白狀況了。國王陛下，請問我能為您做些什麼？」

「好問題。不過，我還得先說明另一件事。我要讓妳知道，那些傢伙為何有辦法讓我們陷入苦戰。」

國王陛下露出懊惱的表情，以幾乎是看著腳下的角度低頭俯視玲依。

「那些傢伙把歌聲當成武器。」

「？」

玲依疑惑地微歪著頭，國王陛下繼續說下去。

「那些傢伙也有自己的文明，其中當然也包含歌曲。它們也有歌手，還會讓那些歌手在柵欄上唱歌。」

「？」

「那些傢伙的聲音極度難聽，當它們唱歌時，更是難聽到難以言喻的地步。光用『噪音』二字無法形容——簡直就是一種透過空氣傳播的『毒』。」

「…………」

「那些傢伙找來好幾百位歌手，讓它們在柵欄上一起唱歌。歌聲在山谷中迴盪，連我們這邊都聽得見。那種劇毒會攻擊我們的耳朵，對我們造成傷害。不但會頭痛，還會想吐，覺得頭暈目眩。它們手持長槍的士兵會趁機發動攻擊。即便是身經百戰的勇者，也無法在那種身體狀態下正常戰鬥，讓我軍只能隨著柵欄的推進逐漸被逼退到後方。」

「…………原、原來如此……」

「我也想過要使用同樣的戰術，可惜我們居住的地方很遠。我可不能讓人民住在這種危險的地方。如果要從各地招集歌手，時間上實在來不及。就在這時，我們的占卜師說出了預言。他說來自其他世界的訪客將會搭乘有四個車輪、沒有馬的黃色馬車前來，我們必須好好款待這位訪客，並告知這件事。」

「也就是說……我必須參與這場戰爭嗎？」

在城裡的某個房間，玲依脫掉充滿汗臭味的運動服，同時問了這個問題。

站在門外的因幡這麼回答：

「沒錯。『演藝活動就是一場戰爭』，不是嗎？」

「…………」

玲依換上自己帶來的舞台表演服。

那是一件白色連身裙，裙襬還用裙襯撐了開來。

只有右肩與右手臂穿著半件深藍色的外套，右胸口掛著造型可愛，但其實只是裝飾品的勳章。

腳上穿著黃色絲襪，以及鞋跟略高的高跟鞋。
頭上戴著一個兔耳造型的髮箍。
「我換好了。」
當玲依打開門的時候，因幡已經不在門外。士兵把她帶到暸望台，她在那裡看到了正忙著做準備的西裝男子。
暸望台上擺著四台跟床一樣大的揚聲器。那輛小型四輪驅動車的引擎已經發動，還從車上拉出了電源線。架子上擺著疑似放大器的機器，現場還立著一支麥克風架。
「因幡先生……」
「畢竟妳得獨自上台，必須借用科學的力量。」
「這倒是無所謂啦，可是，你是怎麼把這麼多器材帶過來的？」
「直接帶過來啊。」
「你是把器材放在那輛車上嗎？」
「是啊。」

「怎麼放進去的？」

「直接放進去啊。」

因幡坐在放大器前面，戴上頭戴式耳機。

然後他拿起麥克風。

「聽得到嗎？」

對玲依說話。

為了完美服貼耳道，取耳膜製作而成的入耳式監聽耳機——把聲音直接傳到玲依的鼓膜。

「沒問題，我聽得到。」

玲依對著麥克風小聲回答。

「音源全是妳喜歡的歌曲，妳就盡情唱個過癮吧。唱得是好是壞都無所謂，妳要當成在練唱也行。」

「我明白了。反正在這個世界也沒有音樂版權費的問題……」

「看來妳漸漸懂了——好啦，我們開始吧。」

一位女歌手曾在大約十年前唱過，至今依然有許多人翻唱的經典歌曲的前奏，在異世界悠然響起。

放大器與揚聲器的音量都已經調到最大，讓聲音從城堡的瞭望台一口氣爆發出來。

因為玲依的入耳式耳機堵住了耳朵，而且因幡也戴著頭戴式耳機，兩人沒有直接承受這樣的巨響。

「那種機器是怎麼回事……這就是異世界的技術實力嗎！」

待在後面幾十公尺的地方，沒有直接面對揚聲器的國王陛下與士兵們都聽到宛如置身在展演廳裡的巨響。

「可是，不會讓人不舒服！」

誰也沒有因為這樣感到不舒服。

不久後，前奏總算結束。玲依大大吸了口氣。

以城堡為背景；以瞭望台為舞台；以荒野為展演廳；以屍體與敵軍為觀眾，玲依高聲歌唱。

她的音量原本就相當飽滿，現在又透過機器的力量放大到極限，讓歌聲伴隨著山谷的回音衝向前方。

「玲依！妳唱得太棒了！」

國王陛下朝著有兩個太陽的天空伸出粗壯的雙手。

玲依繼續歌唱。儘管不需要跳舞，她依然擺動著身體；儘管不需要面帶笑容，她還是露出了潔白的牙齒。

在她身後用望遠鏡看向柵欄的士兵叫了出來。

「這招奏效了！那些傢伙看起來很痛苦！」

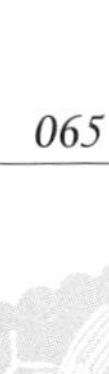

當歌曲進入間奏時，因幡拿起望遠鏡觀察戰況。

「妳做得不錯。怪物全都痛苦得在地上打滾。」

然後如此向玲依報告。

「…………」

玲依懷著複雜的心情，開始唱第二首歌。

連續唱了五首歌後，玲依拿起瓶裝水滋潤一下喉嚨。在尾奏完全結束，重新恢復安靜的世界裡，響起了士兵們的歡呼。

玲依拿掉左耳的耳機。

「唱得好～～！」

「歌聲太美了！」

「真是首好歌！」

「玲依！妳是最棒的！」

她聽到士兵們大聲喝采。

士兵們跑到高聳城堡的各個角落，朝玲依揮手。玲依也笑著朝他們揮手，讓男人們粗獷的喊叫聲撼動空氣。

「妳還能唱嗎？」

因幡摘下一邊耳機問道。

「當然可以。如果是去唱卡拉ＯＫ，我可以唱一整天。只要選購一千八百圓的優惠方案，就可以從早上八點唱到晚上八點喔！」

「那間店還真是不錯。店名是什麼？地點在哪裡？」

「呃……對不起，我忘記了……」

「是嗎？」

「先不說這個，反正我還能繼續唱下去！」

「好吧。那我把歌單給妳，妳自己點歌。」

「既然這樣——」

玲依把手伸向因幡拿給她看的平板電腦。

就在這時，山谷中開始響起彷彿拿硬物刮黑板，或是摩擦保麗龍與人類發出慘叫，也像是把這些聲音全部結合，總之就是讓人覺得很不舒服的聲音。

「嗚！」

玲依放開手裡的平板電腦，被因幡在空中接住了。

「快戴上耳機！」

「好……好的！」

即便玲依的雙耳都被塞住，還是能聽到不小的聲音。她還看到壯漢們在城裡各個角落摀著耳朵蹲在地上的樣子。

『原來如此，這可真是厲害。』

因幡的聲音透過耳機傳了過來。玲依回到麥克風旁邊，說出這句話：

「不管什麼歌都好！請快點播放音樂！」

然後，戰爭正式開打。

怪物軍團讓歌手在柵欄上排成一列，後面還站著一排像是士兵的怪物，幫忙摀著那些歌手疑似耳朵的部位。

至於那些士兵，則是從疑似耳朵的部位不斷流出鮮血。

「敵軍士兵的鼓膜破掉了嗎？幹得漂亮。」

因幡用望遠鏡仔細觀察後，小聲呢喃。

怪物軍團的歌手們一起歌唱。

「我不會輸的！」

玲依只有單槍匹馬，卻靠著科學的力量讓音樂與歌聲響徹整座山谷，以耳機與自己的歌聲對抗敵軍的攻擊。

幾個小時過去。

對雙方來說，都是一場殊死戰。

怪物軍團的歌手與士兵不斷倒下，其他歌手與士兵也會立刻補上。

玲依獨自面對敵軍，毫無間斷地唱歌，只有在換歌的時候會稍微喝點水。

然後——

『玲依，應該可以收手了吧。』

在歌曲結束的瞬間，她透過耳機聽到因幡這麼說。

「咦？什麼？」

舞台表演服早就沾滿汗水，玲依在突然變安靜的世界眺望著眼前的景色。

柵欄上已經沒有人了。

怪物全都消失無蹤，對方的歌聲也聽不見了。周圍沒有任何聲響，山谷裡籠罩著讓耳朵隱隱作痛的寂靜。

「勇者們，放火燒掉柵欄！」

國王陛下一聲令下，拿著弓箭的士兵立刻衝到山谷。他們把好幾支火箭射向柵欄，讓柵欄起火燃燒，濃煙覆蓋了山谷的天空。

當柵欄燒燬垮掉時，後方的怪物軍團早就消失不見了。

「我們贏了～～～～～～～～～！」

「唔喔喔喔喔喔喔喔喔喔喔喔喔喔！」

聽著國王陛下與士兵們的歡呼聲，因幡這麼告訴玲依：

「我看應該不需要再來一首了吧。」

* * *

「啊～～哈！哈！哈！哈！哈！」

在經紀公司的會客室裡，總經理拿著咖啡杯捧腹大笑。

「總經理，妳笑過頭了啦！我當時可是很拚命的！」

玲依穿著運動服坐在對面，用雙手拿著自己的馬克杯這麼說。

「哎呀，想不到妳真的靠歌聲打了一仗……因幡，你接到了一份有趣的工作呢。幹得漂亮！」

「您過獎了。」

站在旁邊的因幡如此回答，然後喝了一口咖啡。

「然後呢？後來發生什麼事了？戰爭終於結束了對吧？」

「咦？」

玲依嚇了一跳，從自己在杯裡的倒影移開視線，抬頭看向總經理。

「我明明還沒說，妳怎麼會知道？」

「因為妳回到這裡了。如果戰爭還沒結束，客戶就會希望妳繼續為他們工作，不會讓妳離開啊。」

「噢，原來如此……」

「不過，不管你們在其他世界待了多久，因幡都能在自己想要的時間點回來就是了。」

「是這樣嗎？為什麼他辦得到那種事？」

因幡看著玲依的臉，如此回答：

「因為我就是辦得到。」

「你又這樣敷衍我……」

「別生氣啦。後來呢？那個異世界怎麼了？」

「唉……其實就在當天傍晚，對方──那些怪物派了使者過來。」

「哦～～敵軍的使者啊。後來呢？」

「對方說我的歌聲重創了它們，希望暫時停戰……」

「噗哈哈哈哈哈！」

玲依等了幾十秒，笑得東倒西歪的總經理才停止大笑。

「後來，雙方做了一項關於戰爭的協議。」

「哦，什麼樣的協議？」

「…………」

因為玲依氣得鼓起臉頰，沒有馬上回答，因幡只好代替她開口。

「就是『雙方今後不能再把名為歌聲的最終兵器用在戰爭上』。」

「啊哈哈哈哈哈哈！」

「雙方當場舉辦了簡單的簽約儀式，但玲依跟對方歌手都瞪著彼此，一副只要對方敢亂來就會立刻唱歌的樣子。」

「噗哈哈哈哈哈哈！」

「不過都是拜她所賜，雙方才能順利簽訂和約。」

「呀～～哈哈哈哈哈！」

「妳好討厭！」

玲依鼓起臉頰。總經理眼角流出淚水，對她這麼說：

「玲依，第一次去異世界工作，妳有什麼感想？」

「我覺得有點失望！雖然拿到唱歌的工作是件好事，但我只能讓一半的觀眾感到開心！」

聽到她這麼說，總經理露出奸笑。

「可是，如果是在這個世界的音樂節活動出場，憑現在的妳，成績應該還會更差喔。」

「嗚唔……」

完

第三話
「領主結婚記」
―Spectator―

第三話「領主結婚記」

—— Spectator ——

那間非常小的演藝經紀公司就位在城市裡的某個角落。

在民營鐵路的車站前方，有一棟毫無疑問是在昭和時代建成的狹窄住商大樓。外牆上都是可疑店家的看板，而那間經紀公司就位在三樓。

只要來到狹窄的梯廳——

「有栖川演藝經紀公司」。

就能看到掛著寫有這行文字的小型公司名牌，接著再走過那扇門，就能來到一個把會客室與辦公室結合起來的房間。

隔壁還有一個用毛玻璃窗隔起來的房間，掛著寫有「總經理室」的名牌。

就在這間總經理室裡面——

「玲依！下一份工作是演戲喔！妳不是一直很想演戲嗎？」

身穿鮮紅色窄裙套裝的女性開心地喊著。她是這間演藝經紀公司的總經理，號稱年過四十，外表卻比實際年齡年輕許多。

「是啊！我好開心！那我這次要去『什麼樣的世界』呢？」

隸屬於這間演藝經紀公司的十五歲女高中生這麼問道。

她穿著右胸口的巨大藍色緞帶很醒目的白色連身裙制服，用髮箍固定住及腰的黑色長髮。她就坐在總經理辦公桌對面的椅子上。

窗外的耀眼太陽努力發出光芒，窗內的老舊冷氣機也發出聲響。

總經理含著最近很流行的環保吸管，喝著杯子裡的冰咖啡。

「這個嘛，因幡──你來說吧。」

她把向玲依說明工作內容這件事完全丟給站在房間角落的西裝男子。

這名男子穿著深藍色西裝，身高一百五十五公分，比玲依高了五公分，以男人而言算是相當嬌小。他有一頭全白的短髮，還有一雙大眼睛，長得像外國

人。

玲依拿著裝有冰咖啡的杯子，轉頭看向這位叫因幡的經紀人。

「麻煩你了。請問我這次要去什麼樣的世界，又要做什麼樣的工作呢？」

因幡露出冷酷的表情，用冰冷的語氣這麼回答：

「這次是異世界。關於這份工作的詳細內容，我會在路上告訴妳，簡單來說就是──」

「就是什麼？」

「騙婚。」

「什麼？」

因幡與玲依準備出發。

「真的不需要帶衣服過去嗎？」

「不需要。對方會幫我們準備好，這次只要人過去就行了。」

「我明白了。那我們出發吧！總經理！我會努力的！」

「好～～妳要好好享受工作的樂趣喔～～！」

總經理揮著有當地商店街商標的圓扇為他們送行。因幡與玲依背對著總經理，走出經紀公司的大門。

他們搭乘彷彿明天就會故障的電梯來到地下一樓，眼前是四面都是水泥，而且半數燈泡早就壞掉的狹窄昏暗還很悶熱的停車場。

在這個只能停放五輛車子的停車場，一共停著三輛車。一輛是黑色國產廂型車，一輛是鮮紅色高級進口跑車，另一輛則是黃色的小型四輪驅動車。

「我們今天要坐那輛黑色的車子嗎？還是那輛黃色的車子？該不會是要坐總經理那輛很厲害的車吧？」

玲依如此問道。

「都不是。我們今天要走路『出發』。」

因幡快步穿越停車場，走向通往出口的斜坡。

「原來要走路啊～～！可是，我們還是要從這個出口離開對吧！」

玲依開心地喊著，緊跟著因幡的腳步。

他們兩人就這樣爬上昏暗隧道的斜坡，最後走進耀眼的光芒之中。

＊　＊　＊

眼睛終於適應光線後，玲依看到一片遼闊的農地。

綠色的麥田與連綿的山丘一直延伸到遠方，根本看不到盡頭。上方則是無限廣大的藍天。

「唔哇啊……！」

天空太過高遠遼闊，實在是大過頭了，給人一種彷彿從上面壓下來的感覺。在這個令人傻眼的廣大世界，玲依與因幡孤零零地佇立著。

回頭一看，農地同樣一直延伸到地平線的盡頭。往下看才發現他們就站在經過加固的狹窄泥土路上。

剛才那種日本夏天的悶熱感消失無蹤。雖然這裡的氣溫很高，但空氣比較乾燥，還吹著讓麥子輕輕搖擺的微風。

「天啊！這地方真是太舒服了！而且我現在很清楚這裡是異世界了！那我這次的工作又是什麼？你剛才不是說會在路上告訴我嗎？」

「我不喜歡長途健行。等我們坐上那個，我就會在路上告訴妳了。」

因幡指向道路前方。

「咦？」

玲依看到一輛馬車沿著茶色的泥土路，從麥田另一頭逐漸接近。兩匹栗毛馬慢吞吞地拉著裝有四個巨大車輪的木箱。

「嗯，看來我們還是得『坐車』過去呢。」

「我剛才就是這麼說的。」

馬車來到他們兩人面前，上面只有一位車夫。

他是穿著樸素的褲子與襯衫，頭上戴著闊邊帽的初老男子。

他看起來不像日本人，但如果要說他是哪國人，也實在看不出來。

老人用充滿疑惑的表情看過來。

「你就是那個名叫因幡，來自遠方的旅行者嗎？有人叫我來載你和這位小姐前往村子。」

「沒錯。麻煩你了。」

「那你們就上車吧。」

這輛馬車就像個簡易的小屋，只是用木板在四根柱子上加裝牆壁與屋頂。只有左邊有一扇車門。木窗現在都關上了，剩下的三邊都各有一扇窗戶。車身後方還有用來載東西的貨物架，不過目前上面沒載任何東西。

因幡與玲依踩著小型踏台走上馬車。

進到車廂後，玲依興致盎然地東張西望。馬車內部就跟輕型車差不多大，在面對面的座椅上簡單地鋪著用碎布做成的椅墊，座椅上還擺著一個很大的皮革包。

「我們準備好了。請你出發吧。」

聽到因幡如此下令，車夫朝馬揮下鞭子。

馬車前進的速度就跟走路差不多慢。在不斷搖晃的馬車裡面，玲依開口詢問因幡：

「那就麻煩你說明了！請問我要演什麼樣的戲？我是來這個世界當女演員的吧！這個世界……好像不會有電影或電視這種東西，所以是要演舞台劇嗎？我是要演舞台劇對吧？」

「不，不是。我是要妳扮演某個男人。」

「男人！演男人也很有趣！我會努力！——呃，不是要演舞台劇嗎？」

「不是舞台劇。我們接下來要前往一個村子，妳得在那裡扮演一個『住在遠方城鎮的年輕男子』。」

「你是說……要我偽裝成那名男子，不被別人發現嗎？」

「就是這麼回事。」

「原來是這樣啊……等等，這樣算是演戲嗎……？」

「難道不是嗎？」

車廂裡有好幾秒只能聽到車輪發出的聲響。

「沒錯！這也算是演戲呢！我會努力的！雖然不會有觀眾，讓我覺得有點

寂寞就是了……」
「倒也不是沒有觀眾。」
「咦？怎麼說呢？」
「算了，妳先換衣服吧。衣服就放在那個包包裡面。」
說完，因幡打開還在行駛的馬車車門。馬車外側沒有踏腳處，但他還是一個翻身就爬到後面的貨物架上。
玲依關上車門，打開那個皮革包。
「喔喔！是衣服！」
裡面放著簡單樸素的內衣、有很多褶的白色襯衫、黑色窄管長褲、褐色厚皮鞋、纏在脖子上的藍色領巾，還有灰色博勒帽——簡單說，裡面放著一套這個世界的男士服裝。
此外，還有一個裝著男人行李的布袋。布袋裡是替換用的內衣與襯衫，以及方便攜帶的糧食與水壺。
皮革包底部還放著一面大鏡子。鏡子底下有一條折起來的長條形白布。

「嗯……？這塊布是做什麼的？看起來也不像腰帶……」

玲依疑惑地歪著頭，因幡的聲音隔著木板從貨物架那邊傳了過來。

「那是『纏胸布』。記得把胸部壓平，因為妳要扮演的是一個男人。」

「啊，原來如此。」

過了幾分鐘——

當玲依換好衣服，出聲呼喊因幡時，他立刻靈巧地打開車門進來。

然後，他從上到下仔細觀察玲依的打扮。

「看起來還行。千萬別拿下領巾，免得喉結害妳露餡。」

「我知道了。可是，我的頭髮又該怎麼辦？」

玲依已經換上這個世界的男士服裝，但那頭長髮依然綁在腦後。

「啊！難不成這個世界的男人都留長髮嗎？」

「不，沒那種事。一般男人都是短髮，頂多只有國王會留長髮。」

「那不就完蛋了嗎～～！」

「別擔心。我現在就幫妳把頭髮剪掉。」

「唔？咦？可是……就算是為了演戲……還是有點……」

「別擔心。等我們回到原本的世界，妳的頭髮就會復原了。妳忘記初次工作時發生的事情了嗎？」

「啊，對喔……」

「還是說，妳要直接死回去？」

「不，不用了。」

「那就轉過身去吧。」

馬車依然在農地之間的道路緩緩前進。麥田裡一樣看不到人影。

因幡乾淨俐落地幫玲依剪好頭髮，讓她化身為這個世界的美少年後，她不斷用各種角度照著鏡子。

「因幡先生……你好厲害。」

「會嗎？」

玲依把鏡子收進包包裡，再次看向坐在對面的因幡。

「好了，那就麻煩你繼續說明吧！為什麼『本公子』要扮演男人？我又該做些什麼！」

「騙婚。」

「這個你說過了。」

「妳等一下必須扮演『村姑的未婚夫』。」

「這樣啊……啊！你該不會是要我欺騙那個女孩——」

「正好相反。妳要騙的是其他人，村姑跟我們是同一國的。」

「願聞其詳！」

玲依露出奸笑。因幡平靜地這麼說：

「妳露出壞人的表情了喔。」

「啊，難不成好人的表情比較容易騙到人嗎？」

「隨妳高興。我可以繼續說明了嗎？」

「好的。不好意思，麻煩你了。」

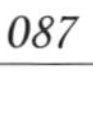

「在不遠的地方有座大型城鎮，那裡住著一位領主。他是個身材臃腫，頂上無毛，長得又醜的中年大叔。只是因為出生在領主家庭，就握有數之不盡的金錢與權力。」

「嗚呃……這個世界也有那種人嗎？」

「我不知道妳懷有怎樣的期待，但不管在什麼樣的世界，人類通常都是一樣的。他們會做出下流無恥的壞事，也會做出散發人性光輝的好事。我們會遇上糟糕的壞事，也會遇上感人的好事。不管我們在哪個世界工作，這都是很重要的事情。妳要謹記在心。」

「我會的——然後呢？」

「那位村姑的父母早就過世，留下她一個人過著獨居生活。但村民們看上她的美貌，想把她嫁出去以謀取村子的利益。村民們想讓她成為那位領主的正妻，因為領主夫人在幾年前過世了。村民們趁著領主前來村子視察的時候，硬是安排村姑與他碰面。領主完全愛上那位村姑，村民們就告訴他那位村姑死去的父母留下許多負債，如果領主想娶村姑，就得把那筆錢付給村子。」

「事情的真相是……那筆債務根本不存在對吧？」

「是啊。就算根本不存在，只要所有村民一口咬定，就會變成事實。」

「天、天、天啊……那些人太過分了吧！真叫人不爽！還有呢？」

「村民們要村姑為了不存在的債務嫁給領主，村姑當然不願意。她有個夢想，去鎮上的學校讀書，將來成為一位學者。她還為此獨自學習讀書寫字，現在已經看得懂書本了。在這個世界的農村，她應該算是罕見的優秀人才。不過，這八成也是村民們討厭她的原因之一。」

「好過分！這真是太過分了！可是，這件事可以避免吧？應該有辦法解決吧？你不是說我們也會遇上好事嗎？」

玲依激動地追問。因幡點了頭。

「這個世界有一條宗教戒律。如果一個人已經擁有在神面前宣誓的婚約對象，不管是多麼有權力的人，都絕不能橫刀奪愛。」

「原來如此！原來如此！我——不，本公子就是要去扮演她的未婚夫，對吧！」

「沒錯。妳得在村民與領主面前扮演她『住在遠方城鎮的未婚夫』。那種人當然不存在，所以我偽造了一份由教會發行的結婚宣誓證明書。我想絕對不會被人看穿。」

「因幡先生，你的手還真巧！」

因幡把手伸進西裝的內袋。

「就是這個。別搞丟了。」

然後拿出結婚宣誓證明書。偏厚的茶色紙張被捲起來，上面綁著一條皮繩。玲依接過證明書，小心翼翼地放進布袋。

「可是……本公子對這個世界一無所知。雖然在異世界也能跟人正常溝通，但要是開口說話，肯定會露出馬腳……如果要做這種事，不是應該先練習一下嗎？」

「所以妳不需要開口說話。我們把這位未婚夫設定成天生的啞巴，那位村姑會自行揑造出一個說法。」

「什……什麼！呃……那本公子為了演這場戲，改變自稱不就……？」

「毫無意義。」

「……真叫人失望。不過，要我在沒有台詞的情況下演戲嗎……只能靠態度、情緒與動作演戲，感覺難度更高了呢……」

「這不就是妳展現實力的時候嗎？未婚夫設定上是一個『家教良好，家裡專門放高利貸的富二代』。」

因幡隨口說了。

「…………」

玲依默默地微揚下巴，用居高臨下的眼神瞪著因幡，只揚起一邊嘴角。

「還不錯。」

村子出現在麥田山丘的另一邊。

小河旁蓋了幾十棟小木屋，為了抵禦野獸，四周圍著用樹幹搭建的柵欄。

當馬車來到山丘前方時——

「我就在這裡下車吧。玲依，再來就交給妳了。」

因幡讓馬車停下來，拿起裝著玲依制服的皮革包走下馬車。
「咦咦？可是，我又不知道那位村姑長什麼樣子！」
美少年從門裡探出頭來，慌張地這麼說。因幡用下巴指向村子，說了：
「只要實際去到那裡，妳很快就會知道她是誰了。對方也知道妳是誰，領主那群人不久後也會過去。妳只需要保持沉默，扮演好她在神面前宣誓的未婚夫就行了。」
「嗚嗚……我會努力的！」
「等事情全部結束，我就會來接妳。別擅自跑回原本的世界喔。」
「我才不會回去！我又不知道該怎麼回去！」
「妳不是知道嗎？只要死掉就能回去。」
「啊……」
「晚點見。」
馬車留下因幡，再次開始前進。玲依小聲地自言自語。
「這跟我想像中的演戲工作不太一樣……」

啪！

「好！我要上場了！」

玲依拍打自己的臉頰，從微微敞開的窗戶看向逐漸變大的村子。

在輕輕搖晃的馬車裡——

「因幡先生，你不想聽聽發生了什麼事嗎？」

玲依詢問坐在對面的因幡。

在敞開的木窗外，黃昏已經開始降臨到這個世界，太陽在天空底端發出光芒，把翠綠的麥田染成橘紅色。

玲依已經換回白色制服，但還是維持著短髮。她露出非常不滿意的表情，瞪向看著黃昏景色毫無反應的因幡。

「哎，反正都要向總經理報告，我到時候再聽就行了，不過……」

因幡看著玲依的眼睛這麼問：

「妳希望我聽妳說嗎？」

「希望！」

「那我就聽吧。當作打發時間也好。」

「那我要說了！」

「首先！開頭是這樣的！

當馬車抵達村子的時候，我才剛下車就得面對許多惡狠狠的眼神！

那些村民的眼神……每個都超級凶狠！而且他們還拿著那種我不知道名字，外型像是特大號叉子的可怕農具！」

「…………」

「你有在聽嗎？」

「我有在聽，只是懶得搭腔。妳就一直說下去吧。反正我也沒辦法閉上耳朵。」

「咦？我還以為那對你來說很簡單。」

「我只能做出自己辦得到的事情。」

「我也是！」

「那妳做了什麼事？」

「謝謝你願意聽我說！」

我明白了！我會告訴你的！我要拚命說了喔！

結果我很快就認出那女孩是誰了！因為我才剛走進村子，她就含著眼淚抱了過來！

她的年紀跟我差不多，栗色的輕柔頭髮綁成辮子，是一個非常可愛的女孩！她突然抱過來，害得我心裡小鹿亂撞！

當然，我並沒有忘記要演戲！

當女孩終於放開我時，我用雙手捧著她的臉頰，默默注視著她！

我不知道這在這個世界算不算是一種親暱的舉動，心裡有些緊張，但她也筆直盯著我，所以應該沒問題！

那女孩被打扮得非常漂亮，看起來不像村姑，比較像是一個『就要被賣掉的人』。

當然，我很快就知道理由了！因為領主也會過去那個村子！

然後，那些村民當然對我很有意見，但我還是一直保持沉默，表現出『你們說那種話，我也很為難』的態度。

所以，那女孩一直努力幫我說話。

『他是我在神面前約定終生的未婚夫！雖然村子裡的大家都不曉得他的存在，不過我本來就沒有義務要告訴你們這件事！』

她是這麼說的！

那女孩當時略顯憤怒的樣子，實在是演得太棒了！我甚至覺得自己根本不需要做什麼！

村民們都露出滿腹狐疑的表情，於是我抓住機會，拿出你使盡渾身解數偽造的文件給他們看！

那些村民看完都臉色大變。我真想讓你看看他們的反應！」

「不用沒關係。」

「雖然這不是正題……你怎麼有辦法偽造出那種複雜的手寫文字與周圍的圖案呢?那些村民還把文件拿去仔細檢查,但完全沒發現破綻。」

「這也不是什麼大不了的事。只要告訴妳做法,妳也可以立刻辦到。」

「那你到底是怎麼做到的?」

「首先,用數位相機拍下文件的範本。」

「原來如此。」

「然後用電腦修改一下寫有名字的地方,再來只要用同樣材質的紙張列印出來就行了。」

「天啊~~文明的利器!」

「然後呢?」

「對喔。那我要繼續說下去了!

當我們忙著爭論時,那位領主終於出現了!

好幾輛馬車從遠方逐漸接近,我能看出村民們發現後都很緊張。不久,那群貴客就來到村子裡——

因幡先生，你有看到嗎？領主搭乘的那輛馬車超級豪華喔！

馬車上有好多裝飾，簡直像一棟會移動的豪華別墅！周圍還有許多拿著長槍的士兵層層戒備！

然後，一位真的超級胖的大叔走下馬車。他的頭髮少得可憐！他穿著看起來很貴的衣服，態度也高高在上，一副不可一世的樣子！」

「這兩句話的意思重複了喔。」

「啊，對不起！因為他看起來真的很臭屁！而且我來到這個世界後，還是頭一次看到胖子！我曾經聽人說過，『以前的時代缺乏糧食，肥胖是有錢人的特權』。想不到竟然是真的，讓我學到一課呢！」

「是誰這麼告訴妳的？」

「是我國中時代的歷史老師！」

「是嗎？那妳還記得他叫什麼名字嗎？」

「呃……對不起，我想不起來！可是，老師的名字有什麼問題嗎……？」

「不，沒問題。妳繼續講領主的事情吧。」

「好的！然後村民們就拚命向那頭肥……那位超級豐滿的領主低頭道歉，看了就讓人心情舒爽！

儘管女孩擺出一副絕不退縮的態度，但我心裡非常明白，她的雙腿一直微微顫抖。

所以，我就拿著你使出渾身解數偽造的文件，光明正大地走到領主與女孩之間，把文件亮給他看！

雖然我也很害怕，但這種時候絕對不能畏縮！我告訴自己我們有神明當靠山，努力瞪著他！

結果這招超級有效！領主立刻變臉。

『這到底是怎麼回事！』

他大聲怒罵，聲音超級宏亮！而且他不是針對我和女孩，而是針對那些村民！

『這女孩不是早就正式跟別人訂婚了嗎！你們這些傢伙竟然敢欺騙我！你

們是全村的人聯合起來要給我難看嗎！』

他這樣大喊，讓場面變得一團亂！

領主持續大發雷霆，有些村民甚至哭了出來，還有人逃回自己家裡！

老實說，我看得非常開心！只能拚命忍住不笑！

然後又發生了一件讓我很驚訝的事！

當領主發洩過心中的怒火，終於恢復平靜後，他對女孩說了：

『喂，女孩，我聽說妳好像識字對吧？』

他問了這個問題。

我不知道他打算說些什麼，心裡非常緊張。女孩對領主的說法表示肯定，還說她想去鎮上的學校讀書，將來打算成為一位學者——

結果領主又說出更驚人的話！

『那我就讓妳去鎮上最嚴格的學校上學吧！妳現在立刻給我離開這個村子，住進學校的宿舍！』

女孩一瞬間顯得很驚訝，但她很快就露出泫然欲泣的表情，向領主低下頭，說這樣的安排是她求之不得的……」

「後來呢？」

「後來領主就轉頭痛罵那些村民。

『你們這些人害我蒙羞，我要懲罰你們，取消這個村子的所有債權。你們沒意見吧？』

他提出這樣的內容。

村民們只能含著淚水接受，讓人看了就覺得很痛快！

不過……領主好像還記得女孩也是害他蒙羞的人，沒忘記要找她的麻煩。

『女孩，既然妳要住進宿舍，就暫時無法跟那個男人結婚了！妳要有心理準備！』

他還這樣大聲怒吼。

聽到這句話，女孩也只能默默低下頭……不過，反正這樁婚事本來就是騙人的，她也無所謂就是了……

而我則是覺得這個人真的很討厭……一直瞪著領主，還擺出一副很不爽的樣子！」

「是嗎？那領主有什麼反應？」

「咦？這個嘛……我記得他也擺出不以為然的態度，用鼻孔瞪回來。我再次瞪回去，但他也再次瞪回來……不過，反正事情早就談妥，也不能繼續做什麼了。

後來，女孩就按照領主的吩咐，立刻為離開村子做準備。她換了套衣服，只帶著簡單的行李就出門了。

她還說自己不再需要那間小房子，願意捐給村子，展現出再也不回來的決心。然後，她跑來找我這個『未婚夫』。

『等我從學校畢業，我絕對會跟你結婚。』

說完這些話——我們兩人依依不捨地抱在一起。

於是——

『準備回去吧！我們沒必要繼續待在這裡了！』

領主如此下令，讓女孩坐上另一輛馬車，帶著所有人離開村子——

我茫然看著他們離去後就背對村民們五味雜陳的目光，回來這裡找你了。

以上就是雪野玲依的工作報告！」

「做得很好。妳順利完成任務了。」

「咦？嘿嘿，謝謝誇獎！不過，雖然成果算是無可挑剔……我還有許多無法釋懷的地方。」

「哪些地方？」

「這次的事情讓領主不得不放棄迎娶女孩，村民們捏造的負債也被取消，這些都是值得慶幸的好事，但領主故意不讓女孩結婚的做法實在有些過分。我總覺得他這麼做太難看了。可是，他又很乾脆地讓女孩去讀她想去的學校，讓我搞不清楚他到底在想什麼。」

「原來如此，這就是妳想不通的地方嗎？」

「咦？因幡先生，你這句話是什麼意思？」

「等我們回到經紀公司，我就會告訴妳——車夫先生，到這裡就行了，請你停車。」

＊　＊　＊

「總經理！玲依回來了！」

玲依從悶熱的地下停車場搭電梯上樓。

「歡迎回來～～！」

當他們回到老舊冷氣還在努力運轉的經紀公司時，原本坐在接待用沙發上看時尚雜誌的總經理立刻起身迎接他們。

「兩位辛苦了！你們要來杯冰咖啡還是冷萃咖啡嗎？」

「我要一杯！」

「沒問題！妳要喝哪一種？——對了，妳要不要先去沖個澡？」

「不用了！我可以晚點再去洗澡。我想先聽因幡先生說明！」

玲依甩動披在白色制服背後的長髮，轉身看向因幡。

「看來你們順利完成工作了。不過，她要你『說明』又是怎麼回事？」

因幡從冷凍庫裡拿出冰塊，放進玻璃杯，並小聲回答：

「她想知道那位領主到底有何盤算。」

「噢，原來如此。」

總經理只聽到這句話就對一切了然於心。

「咦？」

玲依快速地轉頭，輪流看向他們兩人的臉。

因幡泡好三杯冰咖啡，把吸管插進杯子裡，然後把其中兩杯冰咖啡放在會客桌上。玲依也在總經理面前坐了下來。

因幡就這樣站在旁邊，拿著杯子低頭看向玲依。

「其實我們這次的客戶就是那位領主。」

他輕描淡寫地這麼說。

「不會吧！」

玲依拿著開始冒出水滴的杯子，驚訝地睜大雙眼，身體也抖了一下，差點害咖啡灑出來。

看到玲依整個人愣住，因幡繼續說下去：

「妳以為是那位村姑嗎？妳錯了。那位領主才是我們的客戶。」

「怎、怎麼會……原來是這樣嗎……呃，這到底是怎麼回事？」

「當村民故意安排領主與村姑認識時，領主馬上就發現村民打算獻出……不，是『賣掉』那個女孩。他當然也看出負債的事只是謊言。他後來又偷偷派人到村子裡調查，得知那女孩的處境，還有她將來的夢想。」

「然、然後呢？然後呢？」

「領主想了個從村民手中拯救那女孩，並讓她去上學的辦法。這個辦法不會讓那些自私的村民受到懲罰，還能讓所有人心服口服。」

「也就是捏造出一個冒牌未婚夫嗎……」

「沒錯。把結婚宣誓證明書範本借給我的人，當然也是那位領主。帶我們前往與離開村子的馬車為領主所有，車夫也是他的手下。我們過去與回來的時候，我都沒有壓低音量，直接對妳說明整件事，難道妳都不覺得奇怪嗎？」

「啊！好像真的是這樣……」

「妳太天真了～～！」

坐在桌子對面的總經理這麼說，然後喝了一口冰咖啡。

「就跟這杯咖啡一樣甜……真的！」

幫總經理泡了黑咖啡的因幡無視這個冷笑話，繼續說下去。

「我當然有偷偷告訴那位村姑有一位『冒牌未婚夫會去』幫她解圍，但她不知道這是領主的主意。我騙她說這是她父親住在遠方的老朋友出手幫忙。」

「原來如此……我明白了……我現在完全懂了……我還知道領主的演技也是一流……啊！」

玲依默默注視著因幡的眼睛。

「怎麼了？」

過了幾秒，因幡這麼反問。

「我知道你在馬車上說過的那些話是什麼意思了。那位領主——」

玲依把裝有冰咖啡的杯子放到桌上。

「就是『我的觀眾』對吧？」

「沒錯。希望他能喜歡妳的表演。」

「是啊，我也這麼希望。」

玲依不斷點頭，然後再次拿起那杯冰咖啡，準備含住吸管。

「可是——」

她在最後停了下來，向因幡問道：

「那位領主為什麼要搞得這麼麻煩？他沒有選擇直接揭穿村民的謊言，還暗中幫助那個女孩……難道他單純只是想看好戲嗎？」

因幡這麼回答：

「雖然妳能演好一個男人，卻完全不懂男人心呢。」

「唔！你說得沒錯！我會把這當成今後的課題！所以答案是什麼？」

「…………」

因幡含住吸管，一副不想回答的樣子，慢慢喝下不甜的冰咖啡後才終於開口。

「因為——」

「因為什麼？」

「因為領主真心愛上那位村姑了。他希望那女孩可以得到幸福。」

完

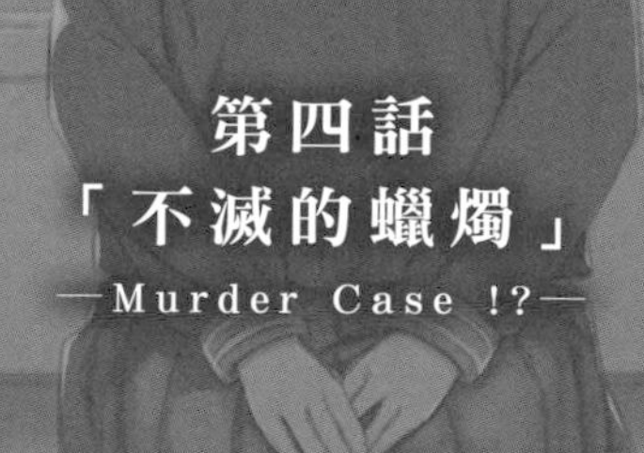

第四話
「不滅的蠟燭」
—Murder Case !?—

第四話「不滅的蠟燭」

—Murder Case !?—

那間非常小的演藝經紀公司就位在城市裡的某個角落。

在民營鐵路的車站前方，有一棟毫無疑問是在昭和時代建成的狹窄住商大樓。外牆上都是可疑店家的看板，而那間經紀公司就位在三樓。

只要來到狹窄的梯廳——

「有栖川演藝經紀公司」。

就能看到掛著寫有這行文字的小型公司名牌，接著再走過那扇門，就能來到一個把會客室與辦公室結合起來的房間。

隔壁還有一個用毛玻璃窗隔起來的房間，掛著寫有「總經理室」的名牌。

從這間總經理室——

「啊～～睡得真飽！」

一名穿著鮮紅色窄裙套裝的女子開門走了出來。

她是這間演藝經紀公司的總經理，號稱年過四十，外表卻比實際年齡年輕許多。

「大家早安！雖然我剛才在睡午覺就是了！」

坐在經紀公司的沙發上的女孩拿掉戴在頭上的耳機，站了起來。

她身高大約一百五十公分，穿著右胸口的巨大藍色緞帶很醒目的白色連身裙制服，用髮箍固定住及腰的長髮。

「啊～～原來妳特地保持安靜，讓我能好好睡覺嗎？玲依，謝謝妳。因幡有打電話回來嗎？」

「沒有，我完全沒接到電話。妳要來杯咖啡嗎？」

「再次謝謝妳，麻煩給我一杯～～我今天想喝能放鬆心情的熱咖啡！」

「沒問題！」

玲依走向擺在房間角落的咖啡機，換總經理重重地坐在沙發上。然後——

「喔？」

她看到被立起來擺在桌上，還連接著耳機的平板電腦。

螢幕上顯示著暫停播放的線上串流電影。那是一九八〇年代的日本電影，穿著高中制服的男孩與女孩正在古色古香的街景中並肩散步。

「喔！原來妳在看這部電影～這一幕真是太棒了，就像一幅永不褪色的名畫。不好意思，打擾妳看電影了。」

「沒關係～反正我今天已經連看三遍了。」

「嗚哇，有夠沉迷！」

「而且我還經常邊看邊按暫停，不然就是倒回十秒重看！」

「我也是～～！我都會想仔細欣賞那些饒富趣味的場景，還會想上網查資料。一部長兩小時的電影，有時得三個小時才能看完！玲依，妳以前看過這部電影嗎？」

「這個嘛～～好像有又好像沒有……」

「原來如此～～！哎，算了，這不是重點——」

以咖啡機發出的聲響為背景音樂，總經理開口說道：

「我聽說這部電影的製片愛上了演女主角的女孩，才會拍出這部電影。」

「這樣啊……我聽說這位導演也非常有名吧？雖然他已經過世了。」

「是啊。大家都認同這部電影是他的代表作之一。這位女演員也把她的青春年華留在不朽的名作裡，展現出只能在那一刻由她展現的演技。於是，我們才能在幾十年後的今天觀賞這部電影。」

「好棒喔！我將來也想在這種電影裡演出……」

玲依的眼睛亮了起來，露出陶然忘我的樣子。

「會的。只要妳好好努力，遲早能得到那種機會。玲依，關於在演戲這方面『努力』，我可以給妳一些建議。」

「好的。」

「那就是無論如何都要回應導演的期待！畢竟電影是導演的作品，即便要求跟妳的想法不同，妳也必須接受。因為導演通常都是經驗豐富的老手，而且肯定比現在的妳資深。」

「我知道了！」

「妳在這個過程中可能會覺得導演的指示莫名其妙，也會懷疑『某一幕為何需要那麼演』，或是懷疑『導演到底想拍出什麼東西』。妳也可能在生理上跟導演合不來，覺得導演非常『噁心！』。事實上，有些導演確實很噁心，讓人搞不清楚他在想些什麼。可是，我覺得導演畢竟是創造出一項藝術的人，演員還是只能乖乖聽從導演的指示～」

「好的！我完全明白！我會謹記在心！」

「妳回答得很好。而且——」

「而且？」

「只要妳乖乖照導演的指示去做，一旦電影的票房慘澹，不就能全部怪到導演頭上了嗎？」

「啊哈哈！」

「不過，妳也沒必要勉強自己去做真的不想做的事情。如果妳遇到那種情況，不管對方是多麼有名的大導演，妳都要大聲拒絕：『不要～～！』推辭工作也是一流女演員的必備技能喔。」

「我也會有那一天嗎……？」

「說不定就是今天。畢竟沒人知道因幡會從什麼樣的世界，帶回什麼樣的工作～～」

「啊哈哈。」

玲依從咖啡機把咖啡倒進馬克杯，然後把杯子擺在總經理面前。自己在對面的沙發坐下後，她握著杯子的把手問道：

「總經理，我從以前就偶爾會有這種感覺……」

「嗯～～？」

「妳以前是不是演過戲啊？」

「這個嘛～～我也不太記得了～～好像有又好像沒有～～嗯～～」

「我明白了。那妳以後一定要告訴我喔！」

「嗯。我答應妳——好燙！可是好好喝！玲依，謝謝妳。」

「不客氣。」

當玲依準備喝自己那杯咖啡時，經紀公司的大門打開，一名穿著深藍色西裝的嬌小男子走了進來。

「我回來了。」

「歡迎回來。因幡先生，我剛泡好咖啡喔。」

玲依放下自己的杯子，再次起身。

這位叫作因幡的男性身高只有一百五十五公分左右。不曉得是天生還是染的，他有一頭漂亮的白色短髮，還有一雙圓滾滾的大眼睛。他就像是一位純樸的外國少年，看起來比玲依還要年輕。

「謝謝。」

因幡慢慢坐在沙發上，就這樣抬頭仰望天花板。

「哎呀，你看起來很累。難道沒接到新工作嗎？」

坐在對面的總經理這麼問道。

「沒那回事。我在平行世界找到一個大案子，那份工作八成……不，肯定

只有玲依才能完成。」

「哇，真不愧是本公司的王牌經紀人！是什麼樣的工作？」

「我也想知道！」

玲依一邊忙著倒咖啡，一邊在房間角落這麼喊道。

因幡斜眼看向玲依。

「其實是有一部電影在找演員……」

「電影！正常的演戲工作！我要電影出道了！」

「這份工作……可能很有難度……」

因幡吞吞吐吐。

「因幡先生，我很少看到你這樣要說不說的……你說『很有難度』是什麼意思？如果那是不『一般』的工作，我不是早就做過了嗎？」

玲依拿起馬克杯，問了這個問題。

「那是……只要妳拚命去做，就能完成的工作。」

「我願意去做！」

玲依充滿鬥志地把咖啡擺在桌上。因幡斜眼仰望著她。
「這可是妳說的喔。」

＊　＊　＊

「這裡真的跟日本很像……」
玲依從黑色廂型車的後座看著窗外這麼說。
「因為這裡就是日本。」
因幡坐在駕駛座上握著方向盤，簡短地回答。
離開經紀公司的地下停車場後，廂型車來到「平行世界」，在人車都很多的午後城市裡奔馳。
「可是，其實這裡已經是其他世界了吧……我第一次去工作的時候完全沒發現也很正常……」
「雖然這裡跟『我們的世界』很像，但也不是完全相同。我們正準備去的日本首都也不是東京，而是位在栃木縣的那須鹽原市。為了保護首都免於天災的破壞，日本已經在一九九〇年代把絕大多數的首都功能轉移到那裡了。在這個世界也不曾發生泡沫經濟，之後的泡沫破裂當然也沒發生過。」

玲依重新轉頭看向因幡。他們兩人不時透過照後鏡對上視線。

「是喔……這個我就不是很懂了……」

「除此之外，在演藝圈發光發熱的人不同，創造出來的作品也不一樣。妳跟別人聊天時很可能會牛頭不對馬嘴，最好盡量別提到自己所在世界的常識——不對，妳最好完全別提自己來自平行世界。我們今後要見到的人，可不是每一個都知道我們的來歷。」

「好的，我明白了！而且就算我說出來，應該也不會有人相信！畢竟直到親身經歷前，不管別人怎麼說，我也絕不會相信有這種事！」

「我想也是。」

「那就麻煩你告訴我這份工作的內容吧！」

「我知道了。可是，我剛才也說過，當妳聽完工作的詳細內容，也實際跟

客戶見面聊過之後，有權自行決定要不要推掉這份工作。經紀公司這邊絕不會逼妳接受。」

「你會說出這種話真的很難得耶……這份工作這麼讓人難以接受嗎……？啊！該不會是要我在這種年紀全裸出鏡吧！」

「不是，妳完全不需要脫衣服。」

「難、難、難、難道是要拍吻戲？還、還是更勁爆的親熱戲？」

「不是，妳不需要跟任何人接觸，從頭到尾都是妳一個人的獨角戲。」

「那……該不會是那種超級激烈的動作戲吧？我是不是得從這棟大樓跳到另一棟大樓？」

「也沒有動作戲。妳只會在一個小房間裡出場，時間也只有幾分鐘。」

「…………我投降。請你告訴我答案。」

「妳必須死一次。」

「你說什麼？」

他們來到一棟高聳入雲的摩天大樓，走進位在最頂樓的寬敞房間。

「歡迎兩位大駕光臨！」

玲依與因幡站在一位年齡超過八十的男子面前。

他是一位頭髮全部掉光，臉上滿是皺紋的老人，卻穿著牛仔褲與馬卡龍粉紅色的針織外套，把自己打扮得很年輕。而且他的眼神閃閃發亮，同樣充滿著年輕的活力。

這個房間有三面牆都是巨大的玻璃，可以讓人在這個黃昏時分的世界，把那須市的現代繁華城市街景，還有聳立在東西兩側的山脈稜線盡收眼底。

老人就坐在房間中央那張遠比經紀公司沙發豪華的沙發上，而玲依和因幡隔著看起來很堅固的桌子，在老人的對面坐了下來。

房間的牆邊還有廚房與吧檯，穿著黑色背心與襯衫的中年男性店長，還有剛才把咖啡端過來的年輕女服務生，就站在那裡待命。

「請容我再次向兩位問好。雪野玲依小姐，我是一位電影導演，名叫田中・費茲傑羅・漢斯！可以直接叫我『漢斯老弟』！妳看過我的作品嗎？」

田中表現出與年紀不符，但與氣質相符的活潑態度，問了玲依這個問題。

「看過！您長年活躍於演藝圈，拍了許多電影，雖然不是全都看過，但我非常喜歡《在某個漁港的一天與圓周率》這部作品！女主角跟貓一起打算盤那一幕更是讓我印象深刻！」

玲依也不想輸給他，神采奕奕地談論自己在車上看的這個世界的電影。不過，她沒有用「漢斯老弟」來稱呼導演。

「喔喔，這真令人開心！如果要挑一部作品來看，那確實是個好選擇！這是因幡先生給妳的建議嗎？」

「是的！啊，呃，是這樣沒錯……」

坐在玲依旁邊的因幡微微皺眉，但田中對此毫不在意。

「哈哈哈！誠實是件好事！我拍了超過一百部電影，也覺得那部作品可以排進前五名！事不宜遲，我們趕快來談談工作上的事吧！」

聽到田中這麼說，店長和服務生立刻離開吧檯，對他們深深一鞠躬，然後走到房間外面。

房間裡只剩下三個人。

「所以～～因幡先生跟妳說了多少？」

田中探頭過來問道。

玲依筆直看著田中的眼睛回答：

「是……他說您正在拍攝很可能是人生最後之作的作品。我聽說您找不到能按照您的要求演出最重要那一幕的女演員，讓拍攝工作陷入停滯。他還說如果是我——不，是只有我能滿足您的要求。」

這是在幾十分鐘前，車子沿著東北道開往那須市時發生的事。

因幡和玲依坐在駕駛座與後座上如此交談。

「那張照片上的男人是一名日美混血兒，名叫田中・費茲傑羅・漢斯。他今年八十七歲，是『這個日本』最有名的電影導演。不對，他可說是『這個世界上』最有名的導演。他拍攝的電影會在全世界上映，還曾四度入圍美國奧斯

卡獎，並且在二十三年前與四年前得獎。至於他在其他比賽得到的獎項，因為實在太多，我就省略不提了。」

「天啊……竟然得了兩次奧斯卡獎……看來他真的很厲害。」

「他可說是世界級的大師。在我們所處的世界，並沒有這樣的人物。」

「想不到我竟然有機會演出他拍攝的電影……」

「這可是很光榮的事情。」

「應該有很多人……想演出這部電影吧？」

「是啊。可是，有辦法滿足導演期待的演員，這次連一個都沒有。」

「玲依小姐！事情就是這樣！」

田中漢斯叫了出來，聲音響徹這個寬廣的房間。

「我這次真的傷透了腦筋！還差點就要放棄拍攝這部電影！可是，我無論如何都不想放棄！因為這可能是我人生最後之作！」

「田中導演這次準備拍攝的作品，是他從年輕時就一直醞釀至今的原創故事。他懷著總有一天要拍出這部電影的心願，才會踏進這個業界，卻因為各種理由讓這件事一直無法實現。當他終於上了年紀，體力也到了極限時，他覺得這可能是這輩子最後的機會，就投入許多私人資金，作為獨立電影來拍攝。當然，只要能順利完成這部作品，想必會有許多片商來買版權吧。」

「看來這部作品對他很重要呢。」

「而且整部電影幾乎都拍完了。」

「真的只差最後一點！只要補上最後一小塊！我就能完成巨大的拼圖！」

田中從沙發探出身體，激動地這麼說著。

「就差一幕了！只要拍完那一幕，就能完成我長年醞釀至今，拍了一整年的這部電影！」

「只剩下電影開頭幾分鐘的那一幕還沒拍好。不過，那一幕正是最大的難關。」

「請問那是什麼樣的故事？」

「我之後會把劇本拿給妳看，故事大綱是這樣的——在電影的開頭，有一名少女在自己家裡中毒而死。在身體變得無法動彈，直到最後死於呼吸停止的那幾分鐘，少女把自己的樣子拍成了影片。她趁自己還沒昏迷的時候，把難解的訊息留給了許多人。她到底是被人殺害還是自殺，在這時還沒揭曉，想怎麼解讀這件事都行。在少女的死訊變成新聞後，某人用電子郵件把那部影片同時寄給了所有人。」

「這開頭還真是充滿懸念！後來又怎麼樣了呢？」

「那些被點名的人當然都變得疑神疑鬼。認為少女死於自殺的人想找出她自殺的理由；而認為少女可能是被殺害的人便開始找尋凶手，或是為了報仇殺害身邊的人。警方也認為這事件不單純，決定展開搜查。於是，因為許多人各懷鬼胎，以及接連不斷的誤會，讓這件事引起巨大的風波。繼續說下去的話會劇透，我就省略不說了，不過故事最後會完全揭露少女的意圖，做出完美的收尾。」

「這個故事好像很有趣！而那個最重要的開頭場景，竟然要找我去演……因幡先生，請你告訴我，你剛才說我必須死一次，到底是什麼意思？」

「聽我說完剛才那些話，難道妳還沒發現嗎？沒那麼複雜，就是字面上的意思。」

「咦？難不成……」

「就是妳想的那樣。」

「嗚呃——」

「其他場景早就拍完了！從全國……不，從世界各地聚集而來的出色演員們盡全力回應了我的期待！我拍出了一部無可挑剔的完美傑作！不過，就只有少女死去那一幕……那段會在劇中不斷出現的影片，直到現在都還沒拍出來！我曾經找來許多年輕的實力派女演員，試拍了好幾次！我對她們的演技沒有不滿！她們真的演得很棒！可是，那不是我要的東西！她們演不出我想要的那一幕！無論如何都演不出來！沒人可以完美演出我想要的死亡！」

「換句話說……因幡先生……田中導演是想透過拍下我真的死去的樣子，來完成那部電影嗎……」

「沒錯。妳必須真的服用毒藥，在毒藥生效時開始演戲。妳得在昏死過去之前，把事先準備好的台詞全部說完。妳會就這樣死去，但就如同妳知道的，妳當然不會真的死去，只會回到原本的世界。」

「原來如此……這樣確實……能拍出非常有真實感的一幕……」

「我差點就要放棄了。可是，因幡先生跑來對我說：『我知道你在找尋能拍攝困難場景的年輕女演員。我或許可以幫你從平行世界帶來一位會演戲的少女，她就算死在這個世界，也只會回到原本的世界。不過，這份工作畢竟比較特別，我無法逼她接受，最後可能得由你來親自說服她。』——當我聽到這些話的時候，才終於找到答案！只有這個辦法了！啊，不，我心裡非常清楚！我

也知道這樣是不對的！把一個人真的死去的畫面用在電影中，就某種意義來說是一種邪魔歪道的行為！那是我身為一位創作者的失敗！可是，我找不到其他辦法！」

「因幡先生……請問我必須喝下什麼樣的毒藥……？如果那種毒藥真的會讓人痛苦而死，我不就沒辦法演戲了嗎？要是我沒能把台詞全部說完，那部電影不就無法完成了嗎？」

「正是如此。所以，我會幫妳準備能讓身體逐漸無法動彈，同時具備止痛效果的毒藥。在我以前去過的異世界裡，就有這種用來讓人安樂死的毒藥。那個世界的居民告訴我，服用者的四肢會變得無法動彈，但為了讓人能交代遺言，說話能力與呼吸都不會受到影響，最後會像睡著一樣突然死去。不過我也只是聽說，沒有實際見過別人服用那種毒藥的樣子。」

「這樣啊……」

「玲依，妳不需要太過擔心。」

「因幡先生……」

「反正妳還有辦法重拍。要是不小心ＮＧ了，我會再次把妳帶來這裡。」

「我不是在擔心這個啦～～！不對，雖然我也會擔心這個，我還是希望可以一次搞定！」

「那妳願意演出嗎？」

「唔……」

「我剛才說過，這次會讓妳做最後的決定。畢竟雖然不會真的沒命，妳應該也不想死吧。」

「…………可是……」

「可是什麼？」

「這絕對是只有我能完成的工作對吧？」

「沒錯。在這個世界上，只有妳辦得到這件事。」

「看來這份工作很有挑戰的價值……」

「或許吧。我剛才也說過，妳可以等見到導演本人，跟對方聊過之後再做

決定。我們馬上就要到了。」

「事情就是這樣！雪野玲依小姐！請妳務必……務必答應我這個時日無多的老人最後的請求！算我求妳！」

田中猛然把雙手放到桌上，深深低下頭。因為這張桌子非常沉重堅固，杯子裡的咖啡才沒有灑出來。

玲依放下準備拿到嘴邊的咖啡杯，迅速站起來。

「導演！我願意演出！我會在鏡頭前死給你看，還會演到斷氣為止！」

田中猛然抬起頭，發出劃破空氣的聲音。

「喔喔！玲依小姐！妳真的願意演出嗎！」

「是的！我們經紀公司的總經理曾經告訴我，如果想努力做好一位演員，就要滿足導演的期待！我想盡力做好只有我能完成的工作！」

「啊啊啊啊——！謝、謝謝妳……！謝謝妳！」

田中淚流不止，還開始豪邁地流出鼻水。

「嗚！這人果然有點噁心……」

看到他的反應，玲依小聲地這麼說。

「太好了，終於有人願意接了～～～！」

不過，田中好像沒聽到那句話。

＊　＊　＊

「玲依！歡迎回來！」

「總經理，我回來了！我順利演好一個將死之人了！」

「妳還好吧？會不會覺得不舒服？當時害不害怕？」

「因為我在實際拍攝的時候只顧著拚命演戲，記得不是很清楚。不過，我現在已經完全沒事了，就跟第一次死掉時一樣，彷彿什麼事都沒發生過！」

「那就好！來，快點坐下！咖啡讓我來泡就行了～～！」

穿著制服的玲依被總經理按著肩膀，在經紀公司的沙發上坐了下來。

「對了，因幡怎麼還沒回來？」

「他讓我在地下室下車後，又開車出去了。應該是要去其他世界吧？」

「或許吧。他也可能只是去買東西。算了，反正不管他在外面逛多久，都能馬上回到這裡。」

聽到這句話，玲依看向掛在牆上的時鐘。

「嗯……？」

現在離她跟因幡一起從這個房間出發，只過了十分鐘左右。

「咦咦～～？」

玲依大吃一驚，身體從沙發上彈起來。總經理輕描淡寫地說：

「噢，妳是指時間？不管前往怎樣的世界，因幡都能在自己想要的時間點回來，就算要在出發三秒後就回來也行。不過他並沒有回到過去的能力～～」

「哇……真厲害……可是，為什麼他辦得到這種事呢……？」

「不就是『因為他辦得到』嗎？」

「我就知道妳會這麼說～～！可是，我們之前出去工作耗費的時間，都跟實際待在其他世界的時間差不多，為什麼只有今天這麼快就回來了？」

「我猜他是知道我會擔心，才這麼快就帶妳回來吧。」

「嗚──他真是個暖男耶！」

「他也是有這一面的～」

「因幡先生確實很溫柔，但妳也一樣溫柔喔！」

「哎呀，真開心──說人人到，那道來無影去無蹤的白色身影，我們的小飛俠經紀人終於回來了！」

「我回來了。」

因幡開門走進經紀公司，從西裝口袋裡拿出一個ＵＳＢ隨身碟。

「這是拍好的電影。我前往拍攝完成的一年後，拿到了這個隨身碟。」

「因幡，幹得漂亮！善解人意的男生才會受女人歡迎。對了，結果這部電影有熱賣嗎？」

「票房好到不行。這部電影在世界各地都有上映，票房成績也非常好，而且說不定又能得到奧斯卡獎了。」

「好厲害！快讓我看看！」

總經理接過那個ＵＳＢ隨身碟。

「我想看！」

玲依轉頭看向總經理，大聲叫了出來。

「想看自己『搏命』演出的成果！」

電影開頭場景是在一個小房間裡。

窗戶緊緊關著，外面的烏雲隨著強風快速流動，只有窗框晃動的聲音不時響起。

在沒有鋪上棉被，只有床架的老舊木製單人床上，坐著一位穿著深藍色水手服的少女。

她穿著白色襪子，儘管人在屋內，右腳卻還穿著皮鞋。黑色長髮綁成了麻花辮，垂在胸前的左右兩側。

那雙儘管跟窗外的天空一樣黯淡無光，卻能讓人感覺到活力的眼睛，正默默注視著鏡頭。

少女的表情就跟石像一樣僵硬。她先是吸了口氣，才緩緩開口。

『當你們看到這部影片時，我已經不在人世了。』

接著，她露出慈母般的微笑。

『所以，我想在死前交代一些事情——』

電影靜靜地開始了——

沒有提到少女的名字，鏡頭也完全沒有移動，就這樣一鏡拍到底，也沒有背景音樂。

『朽木叔叔、嬸嬸，謝謝你們至今的養育之恩。我在庭院裡的小太郎墳墓旁邊埋下了一個餅乾盒，請你們一定要找到那個盒子。』

『陪我聊天，也陪我玩遊戲的「查理五世556」先生，對不起，我一直沒告訴你實情。還記得我在「古老森林」中告訴你的事情嗎？請你務必想起那件

事。』

『校長，還有跟我同班的真紀，那天在學校裡發生的事，我沒有告訴任何人。我會把那個祕密帶去另一個世界。不過，如果你們其中之一願意說出真相，我想最先說出真相的那個人肯定不會被人問罪。』

『對了，我忘記一件重要的事情了。穿著黑衣服的那位，謝謝你借我這個地方。我現在覺得心情很好。還有，我要謝謝你請我吃飯，那些食物真的很美味。』

少女平靜地繼續說下去。

她又說出好幾個人的名字，留下第三者完全聽不懂的訊息。當電影開始之後過了四分鐘——

少女的身體出現變化。

那套水手服的裙襬，也就是她的雙腿開始微微顫抖，穿在右腳上的皮鞋也開始發出細微的聲響。

少女注意到這件事了。

『啊哈！』

她開心地微微一笑，抬起顫抖的雙腿，整個人仰躺在床上。

然後，少女一直面對鏡頭，繼續說下去。

當她繼續留下訊息給後面十個人的時候，四肢痙攣的情況也越來越嚴重，使得那張老舊的單人床開始發出晃動的嘎吱聲。

『啊啊，我說出來了……我把想說的話統統說出來了……剩下的……就全看你們了……』

有氣無力地說出這句話之後，少女就這麼看著鏡頭，一動也不動了。

伴隨著風聲與床搖晃的聲響，少女持續睜著眼睛，像雕像般靜止不動——之後的幾十秒都只能看到她的身體微微顫抖——

最後連顫抖都停下了。

而那位一動也不動的少女雙眼始終盯著鏡頭。

畫面一轉，螢幕上開始播放首都「那須」的空拍風景。
「天啊～～我可以暫停一下嗎？」
「當然可以！」
總經理拿起遙控器，讓影片暫停播放。
「那位古典美少女是誰啊！」
「就是我喔～～！」
「原來就是妳～～！」
總經理與玲依並肩坐在沙發上，開心地嘻笑。因幡獨自坐在後面的小型折疊椅上，跟平常一樣面無表情。
「不錯喔，看起來完全變了個人。化妝師的技術也很高明。」
「就是說啊！那個人真的把我化得很漂亮！那套制服穿起來也非常舒服，使用的布料應該不便宜吧！」
「你們拍攝這一幕的時候，房間裡就只有那位導演嗎？」
「是啊！導演借了一棟舊公寓來拍攝，但只有三個人實際前往現場。因幡先生就在房間外面待命。」

「原來如此～～畢竟導演也不想讓人發現妳真的死掉了吧。那你們有一次ＯＫ嗎？」

「對！我們排練了好幾次，直到我完全記住台詞，導演還有指導演技，告訴我肢體動作與眼神的細節，然後就是等待合適的天氣。」

「感覺如何？」

「我緊張得要死！剛開始，我不知道因幡先生準備的毒藥會怎麼生效，當雙腿開始抖動的時候，我還有點開心呢。我原本以為自己演得不夠好，幸好導演還是喊了ＯＫ。當我忘記某一段台詞，導演還趕緊拿出提詞板提醒我！」

「哦～～這我倒是看不出來。真虧你們有辦法繼續拍下去——玲依，妳真的演得很棒呢。」

「可是可是，那種手腳逐漸變得無法行動的過程，其實不是我的演技。因為我是真的慢慢失去知覺，只要正常說出台詞就行了。儘管我是真的拚命在演戲，但那並不是我的實力……」

「妳不必感到愧疚，世上應該沒人能演好那種四肢痙攣的樣子吧。除非全程使用CG動畫。玲依，妳已經演得很棒了！值得讚賞！」

「嘿嘿嘿。謝謝總經理！」

「我想問一個可能會讓妳不太舒服的問題。妳死的時候是什麼感覺？眼睛還看得見嗎？」

「讓我想想。我當時還看得見，也聽得到聲音，就只是明明睜著眼睛，卻突然變得很想睡覺。」

「當導演拍下那一瞬間，他是什麼樣的表情？」

「咦？他當時一直盯著螢幕，所以我看不到他的表情。」

「這樣啊……」

總經理小聲呢喃，然後轉頭看向因幡。

「那後來怎麼樣了？你們怎麼處理玲依的『屍體』？」

「噢，我把她揹回車上了。為了避免被人看到，我在回程還拿東西蓋住了後座。」

「那就好。」

「你竟然把我當成東西對待～～！可是，還是感謝你帶我回來！」

「那麼，玲依，妳還要看下去嗎？」

「要！」

約莫過了兩個半小時，窗外的天空暗了下來，較低的地方花花綠綠的霓虹燈也開始閃爍。

「這部電影好好看喔！」

玲依把長得離譜的片尾名單全部看完，用這句話總結對這部電影的感想，然後提起最令她感到開心的地方。

「『死去的少女　雪野玲依』！想不到田中導演竟然按照角色出場的順序排列演員名單！我真是太開心了！」

「是啊，恭喜妳電影出道！玲依，這是一部很棒的作品喔！已經算是不朽

的名作了吧～～！真是太好了！」

總經理也滿意地不斷點頭。

然後她看向忙著倒掉涼掉的咖啡，重新換上熱咖啡的因幡，這麼問道：

「玲依有在那個世界引起討論嗎？她得到了什麼樣的評價？」

「電影雜誌上都說『在開頭還有中間出現好幾次的少女神祕死亡的那一幕，好得無可挑剔』。大家基本上都給了很高的評價。不過，畢竟那個世界的許多知名演員都有演出，還是免不了被他們搶走風采。」

「是喔～～這也沒辦法。畢竟其他演員也都拿出全力，演得非常棒呢。」

「我已經很開心了！可以演出這部電影真是太棒了！啊啊，還好我有搏命演出！」

玲依在胸前雙手交握，抬頭看向經紀公司的天花板。

「有人問起『那個演技逼真的雪野玲依究竟是誰』嗎？」

總經理再次向因幡問道。

「有一些人問過這個問題，不過導演在記者會上宣稱：『玲依已經跟我說好，只拍一部片就要退出演藝圈，所以沒辦法透露更多。玲依已經回歸平凡的生活，希望大家不要去打擾她。』既然大師都這麼說了，自然不會有人深入追究。」

「原來如此～～所以……」

因幡把咖啡放到桌上。總經理對他露出微笑，問了這個問題：

「沒人發現玲依真的死掉吧？」

「是啊。那位導演一生一次的豪賭算是賭贏了吧。」

「真是的，那傢伙真的很誇張，竟然拍出這麼離譜的電影。」

「嗯？」

聽到他們這麼說，剛才看著天花板的玲依疑惑地歪著頭。

「你們這麼說是什麼意思？那位導演……怎麼了嗎？」

她輪流看向因幡與總經理。

「嗯嗯。看來妳果然沒發現～～」

總經理這麼回答。

「算了，反正沒發現也不是什麼壞事。」

而且因幡也這麼說，讓玲依的表情變得認真。

「聽到你們這麼說，連我都發現自己……遺漏了某件重要的事！那就是……！那一定是——呃……是什麼呢……？」

「噗！妳怎麼直接認輸了！」

總經理忍不住笑了出來，然後說：

「因幡，你就跟她解釋一下吧。」

「沒問題——那我要說了喔。」

玲依緊張地吞下口水。

「其實田中導演並不相信。」

「你是說導演嗎？他不相信什麼事？」

「他不相信我們來自平行世界。」

「咦？」

玲依愣了好幾秒，但她這段時間似乎都在思考。

「啊～～！我懂了！我想也是！畢竟那種事照理來說不會有人相信！」

「沒錯。」

「那他又是怎麼看待你推薦我時所說的話？」

「他肯定覺得我在說謊。」

「那你說我『不會死掉』這件事呢？」

「他肯定也不相信。」

「那、那……難道他當時以為『我真的死掉了』嗎～～？」

因幡點了頭。

「那位導演認為妳真的死了。他可能覺得妳想自殺，只是想在最後留下些什麼，才會接下這份工作吧。至於我這個人——他應該認為我是『專門幫忙引介想自殺的人，還會暗中處理掉屍體的黑社會成員』。」

「天啊～～！根本不是這樣！我是因為來自平行世界，不會真的死掉，才會演出那部電影！」

玲依懊惱地抱著頭。總經理在她旁邊笑著說：

「那位導演不惜賭上人生也想完成的，其實應該是拍出一部『殺人紀錄片』，不然就是『追求寫實感的電影』吧？」

「這我就不知道了。說不定兩者都是。」

因幡淡然回答。

「這真是太黑暗了～～簡直黑到不行～～真不知道那些所謂的大師是不是每一個都這麼瘋狂。」

「唔哇～～！真、真是離譜的人！不對，他、他根本不是人！」

玲依抱著腦袋不斷甩頭。因幡繼續說下去：

「玲依，其實——為了拿到這個完成版的片源，我去見過那位導演，還跟他聊了一下。」

這番話讓玲依停止甩頭。

「咦？啊——難不成他有提到關於我的事？他有稍微關心嗎？」

「是啊。」

「那他怎麼說？」

「他說因為這部電影太熱門，好像已經決定要拍續集了。他對此也興致勃勃，想把這部續集當成真正的人生最後之作。因為這部續集的開頭依然是一位少女的死亡，所以他問我『能不能再幫他找到一位女演員』。」

「嗚呃！」

「哎呀～～！玲依，妳有何打算？妳要跑去告訴那位導演，妳是雙胞胎妹妹，再去拍一次電影嗎？只要在那個世界跟著他混，說不定能成為超級一流的演員喔！」

總經理這麼問道。

「妳想怎麼做？由妳自己來決定吧。」

連因幡也這麼問了。

玲依大大地吸了口氣。

「我才不要～～！我再也不會幫那位導演工作了！」

完

第五話
「唯一的願望」
—How to Survive—

第五話「唯一的願望」

—How to Survive—

那間非常小的演藝經紀公司就位在城市裡的某個角落。

在民營鐵路的車站前方，有一棟毫無疑問是在昭和時代建成的狹窄住商大樓。外牆上都是可疑店家的看板，而那間經紀公司就位在三樓。

只要來到狹窄的梯廳——

「有栖川演藝經紀公司」。

就能看到掛著寫有這行文字的小型公司名牌，接著再走過那扇門，就能來到一個把會客室與辦公室結合起來的房間。

隔壁還有一個用毛玻璃窗隔起來的房間，掛著寫有「總經理室」的名牌。

就在這間會客室裡面——

「玲依？——哎呀呀。」

隸屬於這間演藝經紀公司的十五歲女高中生正在睡覺。

她穿著右胸口的巨大藍色緞帶很醒目的白色連身裙制服，用髮箍固定住及腰的黑色長髮。

而這位名叫玲依的少女就躺在會客室裡的沙發上，發出平靜的呼吸聲。

一名女子從總經理室走出來。她是這間演藝經紀公司的總經理，號稱年過四十，外表卻比實際年齡年輕許多。她慢慢走到牆邊，把手伸向咖啡機。

不久，咖啡機發出開水沸騰的聲音，還散發出咖啡的香味。

「老師！媽媽！你們誤會了！」

玲依大聲喊出這句話。

「哎呀！——妳醒了嗎？還是說，妳只是在說夢話？」

玲依挺起身體轉過頭來，用惺忪睡眼看向總經理。

「這裡……是什麼地方？」

「妳作了什麼夢？」

「咦？啊，總經理……」

「沒關係，妳不用起來。妳作了什麼樣的夢？」

「咦？啊——這個嘛……」

玲依就這樣看著總經理，不斷眨著大眼睛，最後開口說道：

「我想不起來了……可是剛剛！我剛剛確實作了夢……」

「這樣啊～」

「是的……啊！對不起！我不小心睡著了！」

「啊～沒關係沒關係，反正咖啡馬上就要泡好了。」

玲依立刻準備站起來。

總經理說出這句話，用手勢制止了她。她把剛泡好的熱咖啡倒進杯子，然後擺在桌上。

「謝謝總經理。那我就不客氣了。」

「嗯，快喝快喝。妳也很會喝吧？」

「啊哈哈。」

「我還挺喜歡聽別人講他們夢到的內容。如果妳作了什麼夢，一定要在忘記之前趕快告訴我喔。不管是有趣的夢還是無聊的夢，我都想知道！」

「好的。可是，那種『夢』我總是很快就會忘記……」

「不過，妳想成為知名演員與歌手的『夢』，我們一定會幫妳實現！」

「啊……謝謝總經理！」

「夢想就是要越大越好！告訴我，妳現在的夢想是什麼？」

「沒問題！我這次想在許多人面前唱歌！我想讓更多人被歌聲感動！」

「不錯耶。那妳想要幾萬個觀眾？」

「咦？不用那麼多啦。先、先從幾千人……不對，幾百人……」

「啊～～這樣未免太少了吧！既然是夢想，當然是越大越好啊！至少要有幾十億人才行！——所以，負責幫妳圓夢的領航員跑去哪裡了？」

在說出這句話的同時，總經理不知為何抬頭看向天花板。

「我在這裡。我回來了。」

伴隨著話語聲，經紀公司的大門應聲打開。

一名穿著深藍色西裝的男子走了進來。他長得不高，只有一百五十五公分，一頭全白的短髮，看起來就像一位外國的少年。

「因幡先生，歡迎回來。」

「歡迎回來～有接到工作嗎？」

玲依與總經理同時向他打招呼。玲依還立刻起身，走向咖啡機。

「接到了，這次是唱歌的工作。客戶想找人到他們的世界，在許多觀眾面前唱歌。」

因幡跟玲依擦肩而過時這麼說了。

「唱歌的工作！而且觀眾很多！」

玲依站在咖啡機前面，興奮地跳了起來。

於是，她右手拿著因幡的杯子，左手拿著咖啡壺，就這樣繼續向白髮男子發問：

「請、請問……觀眾多到什麼地步呢……？」

「聽說對方打算先找來十萬個人左右。」

壺裡的咖啡猛然晃動了一下。

＊　＊　＊

「異世界啊……雖然我早就有心理準備，還是每次都會被嚇到呢！」

一輛黃色的小型四輪驅動車在巨大箱子的縫隙間奔馳。

就跟過去一樣，他們從經紀公司的地下停車場出發，穿過像是隧道的斜坡後，眼前的景色立刻為之一變。車窗外面的世界有著平坦的奶油色大地，還微微發出光芒，看起來就像醫院的地板。

頭頂上是萬里無雲的藍天。

他們出發時已經是下午，但這個世界現在還是早上。在車子的後方，太陽就掛在接近地面的天空。而在他們眼前，有個酷似地球的月亮發出白光，旁邊還能看到一個紅色的小月亮。

此外，在這片大地上聳立著巨大的箱子。

那是一種像磚塊的長方體，顏色則是深綠，牆壁完全不會反光。至於那種箱子的大小——

「請問……這東西有多大呢……？因幡先生，你知道嗎？」

玲依從副駕駛座的窗戶移開目光，重新看向司機，問了這個問題。

因幡緊握著方向盤。

「我聽說長度是兩百四十公尺，高度是四十四公尺，寬度有一百一十七公尺。」

他想也不想就這麼回答。

小巧的車子把這些巨大箱子之間的隙縫，也就是寬度大約五十公尺的狹長空間當成馬路行駛。當車子駛過一百一十七公尺，越過一個箱子之後，只要再穿越三十公尺左右的空地，就能抵達下一個箱子。

穿越空地時往旁邊一看，就能發現這些箱子不是只有兩排，而是連更外側的地方都排滿了箱子。

「請問這種箱子到底有幾個……又是做什麼用的？你知道嗎？」

「我聽說這東西是船。」

「船……？這裡會有水灌進來，讓船浮起來嗎？」

「這個嘛——哎，妳直接去問客戶比較快。我們接著就要飛到天上了。」

「咦？」

就在玲依疑惑地歪著頭的瞬間，原本往前行駛的車子突然開始往上移動。

「咦咦咦？」

車子慢慢飛到天上，左右兩側的箱子也逐漸下沉，最後車子終於飛到箱子上方。

「唔哇啊啊……」

玲依那從窗戶看向底下大地的眼睛映照出一個擺滿綠色箱子的世界。箱子以同樣的間隔排得滿滿的，一直延續到地平線的盡頭，看起來就像簡單的電腦圖像。

「因……因幡先生！原來這輛車子不只可以越野，還能飛到天上嗎？還是說，這也是你的能力？」

因幡放開方向盤，還把腳從油門上移開，轉頭看向玲依這麼說：

「沒那種事。我只是請客戶把我們拉上去。妳打開車窗，看看上面吧。」

玲依按照指示打開車窗探出頭，讓舒服的風打在臉上，抬頭仰望天空。

車子上方十公尺左右的地方飄浮著一個跟車子差不多大的銀色「圓盤」。

「哇……看來這位客戶擁有很厲害的科技呢……」

「是啊。舞台就在眼前了。」

「咦？」

玲依重新看向前方。在這片擺滿箱子的大地上，終於有其他東西出現在地平線的盡頭。

那東西很快就逼近眼前，越來越大。在並排的無數箱子之中，有一個孤伶伶的紅色半球體。那是個巨大的巨蛋。考慮到箱子的大小，其直徑應該超過好幾百公尺。

「我們會直接在旁邊降落，進去裡面跟客戶見面。不管妳看到或聽到什

麼，都絕不能做出沒禮貌的行為，永遠要把對方當成必須『尊敬的客戶』。」

「我……我知道了！可是，我也不是頭一次來到異世界！不管對方是什麼樣的人，我都不會被嚇到！」

「對方不是人類。」

「……我想也是。這裡畢竟是異世界，由人類以外的生物稱霸……不對，是掌控整個世界，也是很有可能的事！」

「看來妳總算越來越了解了。不過，放心吧。妳這次的聽眾都是人類。」

「是喔……我還是聽不太懂，但只要見到客戶應該就能搞懂了吧？」

「看來妳總算越來越了解了。」

當他們兩人如此交談時，車子飛向那顆紅色巨蛋，最後在旁邊輕輕著地。

玲依跟著因幡下車。

「直接進去吧。」

「好……」

他們兩人走了過去，像被吸進去一樣進到巨蛋內部。

於是，玲依在裡面看到了一排巨大的玉米。

「玲依，它們就是這次的客戶。」

「我叫雪野玲依！請各位多多指教！」

玲依照慣例露出開朗的笑容，向客戶問好並鞠躬。

「呃……」

然後，她只能不知所措地看著巨大的玉米。

巨蛋內部空無一物，就像在海上一樣。裡面只有腳底下的白色地板，以及覆蓋上方的紅色天花板。就算回過頭，也找不到他們剛才通過的巨蛋牆壁。

此外，在玲依眼前五公尺的地方有著跟人類差不多高的玉米——不管怎麼看，那東西都只像是剝了皮的超巨大玉米，上面還有許多凹陷的黃色顆粒。

玉米細長的軀體下方有一個小盤子，玉米就在盤子上，飄浮在高二十公分的地方。這樣的玉米一共有三根，以一公尺為間隔排成一列。

「妳會感到驚訝也很正常。」

一道沉穩的聲音傳進玲依耳中。那是彷彿把年輕女性與年輕男性的聲音合而為一的聲音。

「雪野玲依小姐，很高興認識妳。我們是你們口中的『外星人』，不是『人類』。如妳所見，我們是一種植物。」

玲依不知道這些動也不動的玉米是從哪裡發出聲音，也不曉得到底是哪一根玉米在說話。

「您……您好！請多多指教！」

她只能再次鞠躬。

「嗯，請多多指教。對了，妳遠道而來會不會很累？我可以開始說明『工作』內容了嗎？」

「沒問題！麻煩您了！」

「那我們就開始吧。雪野玲依小姐，我們準備了專門給人類休息的『後台休息室』，如果妳累了，隨時都能跟我們說一聲。」

玉米擺出畢恭畢敬的態度，平靜地開始說明。

「首先，請容我做個自我介紹。我們是在離這裡很遙遠，但同樣位在銀河系裡的一個行星誕生。起初，我們就跟普通的玉米一樣，就只是一種植物。後來過了幾十億年，我們成功進化成那個行星唯一的智慧生命體。我們先是得到能自我認知的心智，接著又變得能以意念的力量……也就是『念波』來互相溝通。這讓我們得以擁有統一的思想。最後，我們得到了能移動其他物體的『念力』，於是我們可以不用雙腳移動，也能不用雙手製造東西。我們把自己移動到容易生存的地方，製造出能維持生活的物品。」

「原……原來是這樣……」

「我們在那個行星打造出屬於我們的世界。最後科技不斷進步，讓我們打造出可以在星際移動的飛船，踏上前往其他行星的旅程。如果在這個遼闊的宇宙還有其他智慧生命體，而且需要我們幫助，我們就會試著與他們共存。」

「原來如此。」

「然後，我們在這個銀河系裡的許多行星遇到了許多充滿個性的智慧生命體，還與對方交流，建立起貿易關係。後來我們也來到了這個行星。這個行星的居民是跟妳一樣的『人類』，而他們就是妳這次的觀眾，人數是九萬八千三百五十三。我先讓妳看看吧。」

就在玉米說出這句話的瞬間，這個直到剛才還空無一物的地方突然冒出不一樣的景色。

「唔哇！」

玲依看到幾乎塞滿巨蛋的人群。巨蛋裡擠滿了許多人類，每個人都坐在排列成同心圓的看台椅上。

玲依從上方俯瞰著群眾，地板就好像變透明了一樣。

那些人類全都穿著白色的衣服。那是一種徹底包覆住全身的純白緊身服，在肩膀與背後還標示著五位數的編號。

雖然膚色各不相同，每個人都很年輕，年紀落在二十歲到三十幾歲之間。而且不分男女全都剃成光頭。

「我們剛才有移動嗎……？」

玲依隔著透明的地板看向十萬人在底下坐著的景象，並且如此問道。飄浮在她眼前的其中一根，也可能是所有玉米開口回答：

「對。我們已經來到接近巨蛋天花板的地方。因為我們可以完全控制重力，移動的時候不會有任何感覺。」

「是喔……我可以問一個問題嗎？」

「請說。」

「現在看到的那些人，那個……您說是這個行星的居民，請問他們都是些什麼樣的人呢？」

玲依看著下方這麼問。所有人都沒注意到這裡。他們穿著白色衣服，露出平靜的表情，看向巨蛋中央靜靜地坐著，誰也沒有開口說話。

「是，他們是住在這個行星的智慧生命體，但現在因為某些緣故受到我們的管理。關於這件事的來龍去脈，請容我現在先省略詳細的說明——不過我們目前負責保障他們的生活，給予他們食物與住處，並協助他們留下子孫。」

當玉米說完，因幡立刻接著開口：

「玲依，關於這個世界與人類的詳細情況，因為實在太過複雜，我以後再仔細解釋給妳聽吧。妳今天的工作就是讓他們初次體驗名為『歌唱』的娛樂。妳只要知道這件事就夠了。」

「我明白了。所以……他們從來沒聽過歌嗎……？」

「沒錯，他們甚至不知道什麼是『音樂』。他們從出生以後，就連一次都不曾聽過。所以如果有個外表跟他們一樣的生物隨著音樂出現，還開口唱歌，他們應該會很驚訝。希望這能讓他們興奮起來。」

「原來如此……」

玉米繼續說明：

「我們想請雪野玲依小姐在空中的圓盤型舞台上唱歌。不管觀眾變得多麼激動，待在那裡都很安全。畢竟我們也完全猜不到他們會有什麼反應。他們很可能會被音樂與歌聲嚇跑，也可能陷入混亂開始爭吵。不過，如果他們能被初次聽到的音樂與歌聲感動，並為此感到興奮——我們將會非常開心。因為我們擁有統一的思想，沒有透過聲音與別人交流的音樂與歌唱這種文化。你們來自

發展出那種文化的世界，又是以此為職業的專家，我們便想把這個任務完全託付給你們。」

「玲依，現在妳知道自己被找來的原因了嗎？」

聽到因幡這麼問，玲依雙眼閃閃發亮，大大地點了頭。

「我知道了！這也是『只有我辦得到的工作』吧！雪野玲依一定會盡力歌唱！」

表演開始的時候，並沒有主持人的開場白。

巨蛋裡的燈光——雖然不知道燈在哪裡，燈光突然從會發光的平滑屋頂消失，讓「觀眾」在一瞬間發出細微的驚呼聲。

於是，富有節奏感的鼓聲開始響起。

鼓聲越來越響亮，接著又加入小提琴的旋律，然後過了幾秒——

玲依的歌聲與那些聲音融為一體，開始迴盪在巨蛋裡。

一個直徑約十公尺的扁平圓盤從高處降下來。玲依就站在圓盤中央，穿著平時那套純白的舞台表演服，頭上戴著印有花朵圖案的兔耳髮箍，右手拿著麥克風。

雖然不曉得哪裡有揚聲器──玲依高亢的歌聲依然響徹整座巨蛋。

那是一位唱功備受肯定的偶像曾經在三十年前左右唱過的可愛風格流行歌曲。

將近十萬名觀眾聽著這樣的歌聲，看著沐浴在聚光燈下的圓盤與玲依，卻表現出同樣的反應。

那就是毫無反應。

他們搞不清楚發生了什麼事，也沒感到驚訝。

十萬名觀眾動也不動，沒有任何反應。玲依就這樣唱完第一首歌。

「謝謝大家！我叫雪野玲依！今天會努力為大家歌唱！」

她立刻唱起下一首歌。

就如同她與因幡事先決定好的歌單，接下來是一首搖滾歌曲。

現場響起激烈的音樂以及強而有力的歌聲，但觀眾還是毫無反應。

她沒有休息就繼續唱第三首歌。那是一首英文抒情歌。

玲依平靜地唱完整首歌，觀眾依然毫無反應。她拿起擺在小桌上的水瓶，用吸管補充水分，同時用藏在衣領底下的麥克風跟因幡說話。

「觀眾完全沒反應耶！不過，我會努力的！」

塞住她耳朵的入耳式監聽耳機發出聲音。

『別太勉強自己。這場表演只是實驗，就算那些觀眾毫無反應，光是能知道這件事就算一種收穫了。』

那是因幡冷靜過頭的說話聲。

「我知道。不過，只要想到我有機會讓這麼多觀眾興奮起來，多付出一點努力根本算不上勉強自己！」

『嗯，那妳就加油吧。』

「謝謝！我隨時都能接著唱下一首歌！」

玲依唱完十首歌。

觀眾毫無反應。

玲依唱完十五首歌。

觀眾依舊毫無反應。

儘管第二十首是抒情歌，玲依唱完時還是滿身大汗。

「呼……」

玲依長長吐了一口氣，同時多喝了一些水。

『休息時間到了。妳可以停了。』

「不，請讓我再唱一下。這可能是我想太多，但我總覺得觀眾們感覺不太一樣了。」

『我倒是完全感覺不出來。隨妳高興吧。我要幫妳補充水瓶了。』

水瓶從高處無聲無息地降下來，擺在玲依站著的舞台角落。

「謝謝你。因幡先生果然厲害，簡直無所不能。」

『如果沒有借助客戶的力量，我也不可能辦到這種事。』

「那我也要做好自己做得到的事情～～！」

玲依激烈地擺動頭與身體，唱完快節奏的——第三十首歌。

唔唔唔唔唔唔唔……

就在這時，她聽到了聲音。巨蛋裡響起一陣低吼聲，就跟地鳴一樣低沉，而且不是少數幾個人發出的聲音。

「因……因幡先生，你有聽到嗎？」

因為流了許多汗，玲依拿掉耳機問了這個問題。

『我覺得那應該只是幻聽。』

「有反應了！觀眾終於有反應了！」

『妳確定這不是他們聽膩的反應？』

「唔……」

因幡故意使壞的話語讓玲依無言以對，但那種懊惱很快就煙消雲散。

唔喔喔喔！

因為現場響起了一陣吼聲。

連再次戴上耳機準備唱歌的玲依都能聽見這陣足以撼動整個巨蛋的巨響。

將近十萬名的觀眾開心地大聲喊叫。他們坐在椅子上，全都看著玲依，大大地張開嘴巴，就像在對著她吐氣。

「啊啊！因幡先生！你有看見嗎！」

『我的眼睛可沒有毛病。』

「有反應了！有反應了！大家都興奮起來了！」

『他們看起來像是只會喊叫，不過確實也算是一種反應。』

「好耶！我好開心！」

玲依在舞台上轉了一圈，看向底下的無數雙眼睛——

「我要加油了～～！」

玲依對著麥克風大喊：

「唔喔喔喔！——大家聽得開心嗎～～！」

觀眾回應她彷彿要震毀巨蛋的歡呼聲。

「很好～～！我要繼續唱下去嘍～～！」

「我不是叫妳不要勉強自己嗎？」

「對不起……」

在客戶事先準備好的「後台休息室」，玲依已經完全躺平。

這裡有能讓人類休息的沙發，還有桌子、食物、飲料和大鏡子，隔壁甚至還有盥洗室、廁所和浴室。

玲依穿著沾滿汗水的舞台表演服，就這樣躺在沙發上，額頭上還放著一條濕毛巾。

「可是……我還是唱完……一百首歌了……」

因為過度使用喉嚨，她只能用非常細微的聲音這麼說。

「正確來說，是一百零八首。」

因幡站在她旁邊，毫不掩飾自己傻眼的表情。

而飄浮在房間裡的三根玉米還是用平靜的口氣說道：

「雪野玲依小姐，妳表現得太棒了。我們也發自『芯』底感到驚訝。想不到他們竟然會有這麼熱烈的反應，歌聲的力量真是令人感動。」

「不好意思，我現在只能躺著說話……我也……覺得很開心……」

順利點燃之後，觀眾們便展現出驚人的熱情。他們會跟著歌聲吼叫，還會擺動身體，最後所有人都站了起來，除了累到坐下來的人，其他人都一直揮手跳舞。

儘管那些叫聲毫無意義，最後也開始會配合音樂與節奏。只要玲依喊叫，觀眾就會跟著喊叫。

因為玲依在唱完歌的瞬間往後倒下，玉米便做出判斷，讓舞台重新上升，從觀眾們的視野中消失。

「真是太棒了。妳堅持歌唱的樣子讓我們十分感動。連我們都想不到他們會有所反應，而且還拖了那麼久才出現。我們也想不到他們會興奮成那樣。幸好有請妳幫忙，真的很感謝妳。」

「能讓各位這麼說，我也感到非常榮幸……不好意思，我現在只能躺著說話……」

「請妳好好休息吧。妳這次出色的表演，我們已經用影像記錄下來了。只要把檔案做成立體影像投影在空中，就能讓其他人類也欣賞到妳的表演。我想他們肯定也會感到興奮。下一批十萬名觀眾應該也能得到同樣的體驗。妳那出色的歌聲與灌注靈魂的表演，將會永遠留存在這個星球。」

「竟然……拍成影片了……我好……開心……」

「嗯，看來她好像很疲倦。需要我拿出瞬間就能讓她打起精神的藥嗎？」

面對玉米的好意，因幡這麼回答：

「不需要。你們只要在不痛不癢的情況下瞬間殺掉我們就行了。這樣我們就能回到原本的世界。」

「也對，我都忘記這件事了——因幡先生，你真的擁有非常驚人的力量。即便我們一族造訪過銀河系的各個角落，也從來不曾見過，甚至是聽說過像你這樣厲害的傢伙。我們實在很想解開你那種力量的祕密。如果你改變心意，隨時跟我們說一聲。」

「我是覺得那一天永遠不會到來，但我會記住的。」

「謝謝你。那我也不好意思繼續占用兩位的時間，差不多該道別了。因幡先生，感謝你的幫忙。」

「不客氣。」

玲依起身做最後的道別。她慢慢站起來，對著玉米鞠躬。

「那我們先走了！大家辛苦了！」

「嗯，妳也辛苦了。歌姬小姐，請多保重。」

玉米說出這句話之後，玲依與因幡的身體瞬間化為一團紅霧。

＊　＊　＊

下一刻——

玲依與因幡搭乘黃色的小型四輪驅動車，沿著坡道往下開進經紀公司的地下停車場。

玲依坐在副駕駛座，低頭看著自己的雙手。

「倦怠感……都消失了……喉嚨也沒事了……」

「因為妳已經死過一次，身體狀態也重置了。疲勞與疼痛都不會留下。」

因幡把車子停在出發時的車位，兩人就一起下車走向電梯。

「啊，衣服也復原了！」

在走路的同時，玲依發現自己穿著制服。

「妳太慢了。」

先走進電梯的因幡這麼說。

「你是說我走得太慢嗎?還是發現得太慢?」

「兩者都是。」

「歡迎回來~~!兩位!玲依,妳對這次的工作有何感想!啊,工作內容就不用說了!因幡早就用電子郵件告訴我了!客戶是來自銀河系中心的玉米星人,他們拜託妳在超級多人面前唱歌對吧!」

當他們打開經紀公司的大門時,總經理正忙著把剛泡好的咖啡倒進大家的杯子。

「我回來了!奇怪?妳知道我們什麼時候會回來嗎?」

「我只是覺得因幡應該會馬上回來。離你們出發才過了五分鐘,正好夠我泡好咖啡!」

「原來如此……我完美達成任務了!我讓十萬名觀眾陷入瘋狂!」

「這麼厲害?那我們就邊喝邊聊吧!」

「好的！」

在總經理喝完咖啡之前，玲依說出自己看到與聽到的一切，還有她一直唱到倒下的事。

「原～～來發生了這種事！妳很努力呢！很好很好！真不愧是玲依！」

「嘿嘿嘿。謝謝誇獎。」

玲依有些害羞，拿起咖啡杯放到嘴邊。

「我很想拿到那個影片檔，但是在這個世界應該沒辦法播放那種檔案吧……算了，這也沒辦法！」

「是啊！不過，至少我得到了許多自信！我竟然可以在那麼多客人面前唱歌跳舞……啊啊，真是令人感動！」

「太棒了！哎呀～～妳真是太棒了！」

「工作算是順利完成了，可是──」

玲依放下準備拿到嘴邊的馬克杯，看向站在牆邊靜靜喝著咖啡的因幡。

「那個世界的人類到底是怎麼回事？為什麼人類會受到玉米的保護──請

你告訴我。」

因幡喝下最後一口咖啡。

「妳想知道嗎？」

「當然想。」

「這是妳不需要知道的事。就算不知道真相，也無法改變妳曾經在十萬人面前唱歌的事實。」

「嗯，雖然是這樣沒錯……但我還是很好奇！」

「這可不是聽了會覺得愉快的事情喔。不過，在我們第一次去的平行世界，人類是全部滅亡，這次的世界還是比那次好上一些。」

玲依收起下巴，露出幾乎是瞪著因幡的眼神。

「……我做好心理準備了。請告訴我吧！」

然後用堅決的語氣這麼說。

「那我就暫時保持沉默好了～～」

總經理看著這樣的玲依，有氣無力地說了。

「那我告訴妳吧。不過我有個問題要先問妳。玲依，妳會吃肉和魚嗎？」

「咦？會啊，我不是素食主義者。因為吃了才會有活力，我很喜歡吃牛排、漢堡排跟烤肉，也喜歡吃魚跟壽司。」

「那應該不用特別說明，妳也知道那些肉跟魚原本都是活著的動物吧？」

「這我當然知道……你是要問我會不會同情那些動物嗎？可是，既然它們生為動物，被其他動物吃掉不是很正常的事嗎？當然，關於這件事有許多不同的看法，不過至少我不會這麼想。」

「很好，希望妳記住自己說過的話。那我要說了——剛才聽妳唱歌的那些人類，都是準備出貨的肉。」

「啊？」

「妳還記得那些玉米曾經說過的話嗎？就是『我們目前負責保障他們的生活，給予他們食物與住處，並協助他們留下子孫』這段話。」

「記得……」

「那些玉米完全掌控了那個行星，以及住在那裡的動物。換句話說，人類也是其中之一。我們人類會掌控家畜，幫助它們繁殖成長，等成長到某個地步就會出貨，當成給自己或其他生物食用的肉。而那些玉米也做了完全相同的事情，整個行星都是它們的牧場。」

「…………」

「我可以繼續說嗎？」

「請說……」

「那些人類都是以家畜的身分活在世上。人類會在成功養大之後，被送到銀河系的某個行星。我不是說過那種箱子是『船』嗎？那裡就是用來把從整個行星收集來的人類出貨到其他星球的太空港口。那些人類一出生就得離開父母身邊，而且從不曾開口說話，也不知該怎麼說話，都是在智能無法得到發展的情況下被養大。有些會在很年輕的時候就被出貨，不過通常會先讓他們透過人工交配生下孩子，在三十歲前出貨。接著，他們會在某個行星被『享用』，而且不是被那個行星的智慧生命體享用，而是被當成那些智慧生命體飼養的大型動物的『飼料』。我沒有問得很清楚，說不定有些外星人還會養龍吧。」

「…………然後呢？」

「然後？」

「事情不是只有這樣吧？特地讓馬上就要被吃掉的人聽我唱歌，總該有個理由吧？」

「噢，理由就是『為了讓他們變成更美味的肉』。那些玉米想做個實驗，看看那些在冷漠中成長的人類聽到人類文明創造出來的歌曲後，會不會受到影響而變得更好吃，能不能變成更棒的飼料。它們的個性很認真，想看到顧客開心的表情，才會想到這個主意。不過，至於那些人類到底會不會變得更美味，就得等商品出貨，實際看到顧客的反應才會知道了。」

「…………」

「我可以繼續說嗎？」

「請你繼續說吧。」

「玲依，妳有個很大的誤會。」

「我誤會什麼了？」

「妳曾說那裡是『異世界』。我當時嫌麻煩就沒有特地糾正，但那裡其實是平行世界。那裡就是我們所在的地球，只是情況稍有不同罷了。那些人類都是地球人，不是異世界的人類。」

「咦咦？可是這樣很奇怪吧！那裡不是有兩個月亮嗎？平行世界應該跟這個地球很像吧？這樣太奇怪了。」

「嗯，答案很簡單。那個紅色的小月亮，其實是那些玉米乘坐的太空船，只是停留在繞行月球的軌道上了。」

「也就是說……那個世界其實是被玉米征服的『地球』，因為出了點差錯才會變成那樣……」

「沒錯。所以我們所在的地球也可能變成那樣。」

「差別只是那些玉米有沒有來到這裡……」

「不，這麼說不太正確。我還沒把話說完，接下來八成才是最重要的關鍵──那些玉米不是因為自己的意願才征服地球，把人類變成家畜。儘管看起來可能是這樣，而實際情況也是這樣，但這不是讓事情變成這樣的原因。為了它們的名譽，我必須說清楚。」

「…………我完全聽不懂你的意思。」

「這其實是一個地球人想要得到的結果。」

「咦？」

「那是距今幾十年前的事情了。那些玉米抵達『那個地球』後，感到十分驚訝與困惑。因為地球沒有統一的政府。雖然現在也是，但地球上當時有許多國家，而且有不少國家關係很差，處於戰爭與敵對的狀態。這讓它們這些外星人不知道該跟誰交涉，它們不能主動接觸一個沒有代表人的集團。那些玉米只能放棄跟地球交流，直到地球出現統一的政府，而且也準備離開了。在我們身處的世界，它們應該就是這麼做了吧。」

「那又是為什麼呢？到底發生什麼事了？」

「據說在『那些地球人』之中，有一個人因為意念太強，擁有發出念波的力量。他……不曉得是男是女──總之那個人成功跟那些玉米交換了意見。然後，那個人向準備離開的玉米許下一個願望：『拜託各位，請你們征服地球，把人類變成家畜吧。』那個人當然不會知道，其實那些玉米有一個原則，就是在造訪其他行星，遇到住在那裡的智慧生命體後，『會在能力範圍內幫他們實現一個願望』。這是為了讓對方感激它們，以便建立起友好的關係。這個原則本身是一樁美事，應該也讓許多行星的居民非常感激吧。那些準備放棄與人類交流的玉米接收到那個人發出的念波，便把他當成獨一無二的交涉人。它們聽到那個人的願望，考慮過這麼做會帶來的結果，最後決定幫他實現。」

「為什麼要許那種……？為什麼要許願，它們又為什麼要幫忙實現？」

「理由很簡單。它們想『保護人類免於滅絕』。」

「免於滅絕？什麼意思？」

「我們先來談談歷史吧——距今幾十年前，不管是這個地球還是『那個地球』，都處於東西冷戰的狀態。包含美國在內的『西方陣營』，與以蘇聯為首的『東方陣營』互相敵視。妳聽說過這件事嗎？」

「呃……沒聽過……」

「妳沒讀過國中嗎？」

「我當然讀過！也有上過歷史課！可是，我還沒學到那段歷史，第三學期就結束了……」

「是嗎？奇怪的事情，妳倒是記得很清楚嘛……總之，那個時代的人都相信『下一場戰爭會是全面核戰，核彈會在世界各地爆炸，徹底消滅人類』。說不定也真的存在發生那種事的平行世界。」

「而那個人就是出生在那種時代，因為害怕這件事成真，才會向玉米許願，拜託它們把人類變成家畜嗎？」

「沒錯。」

「我不懂他為何會這麼想……」

「很難懂嗎？妳知道變成家畜是怎麼回事嗎？」

「最後會被吃掉！」

「沒錯。正因如此，飼主才會控制家畜的數量，『讓家畜絕不會滅絕』，還要『能持續大量出貨』。換句話說，只要人類變成家畜，那些玉米就會幫忙做好這件事。現在的我們也是把玉米——我是說我們平常吃的玉米，變成世界

三大穀物之一加以管理，讓玉米絕不會滅絕。因為要是讓玉米滅絕了，就會有許多人類與動物沒東西吃。人類會種植許多玉米，永遠保護這種食物。我們平常吃的玉米，可以說就是為了養大後拿來吃掉，才會一直被人類保護照顧。」

「這、這個嘛……是這樣沒錯……可是……那些失去自由的人類還能每天過著快樂的生活嗎……？還有人性可言嗎……？呃，還能保有『文化』嗎？」

「那些東西全都會消失。不過，那個人類應該是這麼想的——『要是讓人類為所欲為，人類就會因為核戰而滅亡。與其迎接那種結局，不如變成沒有智能與文化的家畜，繼續活在世上』。這種想法是對是錯並不是重點。儘管我們身處的這個世界目前還沒毀滅，但沒人能保證明天不會毀滅。」

「你是說，那個有著強烈想法的人類改變了整個地球的歷史……」

「沒錯。為了把人類變成家畜，那些玉米『排除』不適合繁殖的個體，還憑藉它們的力量，讓那些適合繁殖的個體失去智能。接著它們給予人類食物與住處，使其得以成長茁壯。目前有好幾億人在那個地球上生活，今後也會一直存活下去。」

「那個許願的人後來怎麼樣了……？」

「聽說在被玉米殺掉之前，曾經對它們說過這樣的話。」

「他說了什麼？」

「『啊啊，真心感謝你們實現我的夢想。』」

完

第六話

「救贖的方法」

—Salvation—

第六話「救贖的方法」

—— Salvation ——

那間非常小的演藝經紀公司就位在城市裡的某個角落。

在民營鐵路的車站前方，有一棟毫無疑問是在昭和時代建成的狹窄住商大樓。外牆上都是可疑店家的看板，而那間經紀公司就位在三樓。

只要來到狹窄的梯廳——

「有栖川演藝經紀公司」。

就能看到掛著寫有這行文字的小型公司名牌，接著再走過那扇門，就能來到一個把會客室與辦公室結合起來的房間。

隔壁還有一個用毛玻璃窗隔起來的房間，掛著寫有「總經理室」的名牌。

就在這間會客室裡面——

「玲依，妳的下一份工作定下來了～～！妳猜是要唱歌還是演戲？妳猜猜看！」

一名穿著鮮紅色窄裙套裝的女子開心地問了這個問題——她是這間演藝經紀公司的總經理，號稱年過四十，外表卻比實際年齡年輕許多。

而那個名叫玲依的女孩就坐在桌子對面的沙發上。她是隸屬於這間演藝經紀公司的十五歲女高中生。

她穿著右胸口的巨大藍色緞帶很醒目的白色連身裙制服，用髮箍固定住及腰的黑色長髮。

「總經理，我知道妳這麼問是什麼意思……」

玲依露出不輸給總經理的自信笑容，探頭看向她得意的笑臉。

「哦？是什麼意思？」

「新工作不是要演戲，就是要唱歌對吧？」

「呵，被妳發現了嗎……」

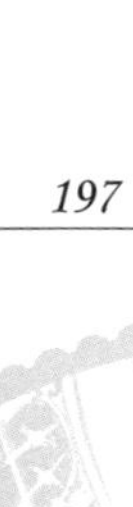

「這種程度的小事，我這個新人也能察覺～～！所以，結果是哪一邊？」

「其實……」

「其實……？」

「其實我也還不知道～～！」

「原來妳也不知道嗎～～！」

兩位女性聊得很開心。

「我可以說些正經的事了嗎？」

穿著西裝站在牆邊的男子這麼說道。

他的身高只有一百五十五公分，以男人而言算是相當嬌小。髮型則是很有特色的純白短髮。他還有一雙圓滾滾的大眼睛，看起來就像一位外國的少年。

總經理用銳利的眼神看向他。

「我無論何時都很正經喔！因幡，其實盡全力說這種不正經的搞笑對話，對演戲也很有幫助！玲依只要再努力一點，就能發展出當一個諧星的才華。雖然我也不是很確定就是了。」

「我也不是很懂，但我覺得總經理教得很棒！總經理！謝謝妳的指導！」
「這樣就對了。演員就是要懂得配合別人！應該吧！」
「我知道了！」
兩位女性聊得很開心。
「我可以說些正經的事了嗎？」
因幡這麼說道。這已經是今天第二次了。

「我這次接到的工作跟演戲有關。」
因幡背靠著牆壁這麼說了。
「是要拍電影嗎？演舞台劇？還是演電視劇？或是演其他東西？」
坐在沙發上的玲依聽了，眼睛立刻亮了起來。
「玲依，妳說演其他東西是什麼意思？」
聽到坐在桌子對面的總經理這麼問，玲依先看著天花板想了一下，才看向

總經理回答：

「其實我也不知道，但這畢竟是因幡先生找到的工作。我只是覺得他很有可能從我完全想不到的世界，帶回我完全想不到的演戲工作！」

「原來如此～看來妳也慢慢適應了呢。」

「畢竟我已經體驗過那麼多不可思議的事情了！」

「所以，本公司的新人還真可靠呢——因幡，你不繼續說嗎？」

「原來今天是我可以開口說話的日子嗎？——那我要繼續說了。我們這次要去的是平行世界。那裡是因為某種理由，導致歷史發展晚了幾十年的地球。地點是美利堅合眾國的紐約，時代則是這個世界的一九二〇到三〇年代之間。當時的黑白電影才剛有聲音，也因此變成一項重要的娛樂活動。」

「那不就是黃金時代嗎？偉哉！古老而美好的好萊塢！」

總經理用演戲般的口氣笑著這麼說。玲依閉口不語，免得打斷因幡說話。

「玲依這次得在豪華的劇院演一場獨角戲。從頭到尾只有她一個人上台表演。」

「你說什麼！想不到你會接下這麼困難的工作。」

總經理還是維持笑咪咪的表情，斜眼看向聽到要演「獨角戲」就板起臉的玲依，繼續追問因幡：

「那應該不是普通的獨角戲吧？觀眾大概會有多少？」

聽到這個問題，因幡先喝了一口咖啡，停頓一下才回答：

「一個。」

＊　＊　＊

「哇……這裡就是古時候的紐約嗎！總覺得跟我以前在電影裡看到的好像喔！」

「看來妳還記得那些奇怪的事情。」

玲依非常興奮，讓因幡覺得傻眼。他們兩人搭乘當時的高級轎車，在時值一九二〇～三〇年代的紐約街道上奔馳。

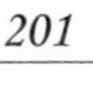

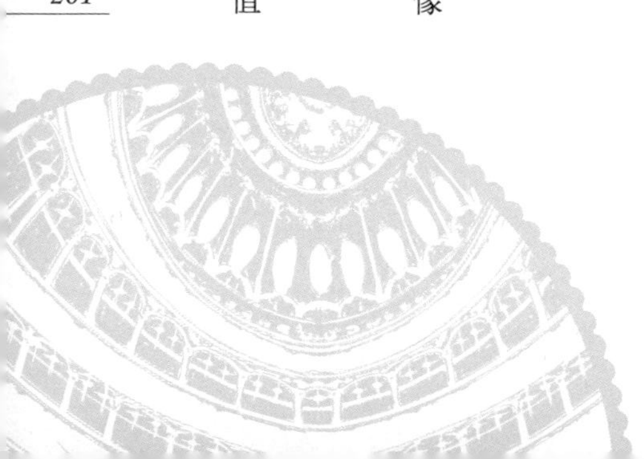

他們在幾分鐘之前走到經紀公司的地下停車場，又徒步沿著斜坡往上走，來到另一個地下停車場。

接著他們坐上立刻前來迎接的車，披上擺在後座的大衣，免得讓人看到他們穿的衣服——車子目前正在周圍蓋滿高樓大廈的馬路上奔馳。

駕駛座與寬廣的後座之間隔著很厚的防彈玻璃，使得他們完全聽不見司機還有坐在副駕駛座的保鑣的聲音。

他們遇上大塞車，車子幾乎沒有前進。玲依看向左邊，向因幡問道：

「我們現在應該可以談談工作上的事情吧？——這次的演戲工作到底是怎麼回事？你說我要在大型劇院表演，但觀眾只有一個又是怎麼回事？」

「……劇本在這裡。」

因幡從擺在車上的包包裡拿出劇本。劇本翻開，可以看出是用日文寫的，標題則是《某位少女的人生歷程》。

「可以看嗎？」

「這本來就是要給妳看的。」

玲依翻開只有十多頁的劇本的封面。她先看了第一頁，接著再看下一頁，然後繼續看下去。

玲依很快就看到最後一頁，但她又立刻翻回第一頁，繼續看下去。

這樣的過程重複了好幾次。

「…………」

玲依一臉認真地持續看劇本，而因幡也看著窗外幾乎沒有變化的景色等她看完。寫著英文的交通標誌就躲在大樓的陰影下，標誌上方掛著年輕女演員露出微笑的電影看板，旁邊還有同一位女演員主演的另一部電影的看板。

不久，當車子總算越過一個街區時，玲依抬起頭來。

「我全部看完了！總共看了六遍！——可是，這個……劇的主題到底是什麼啊？」

「…………」

「妳覺得呢？」

玲依的表情都僵了。

「如果妳不知道——」

就算了。因幡本想這麼說——

「是救贖嗎？」

卻被玲依用短短一句話打斷。

深紅色的綢幕緩緩升起。

在這間極盡奢華之能事的劇院裡，有著劃出美麗弧線的數千張椅子，但只有一張椅子不是空位。

只有位在中央的座位上有一個穿著黑衣、戴著黑帽，還披著黑色蕾絲面紗，疑似人類的東西。那個人始終低著頭，藏身於觀眾席的暗處，幾乎跟黑暗融為一體。

當綢幕完全升起時，舞台露了出來——上面擺著一個很高的階梯。

那是擺在舞台中央，朝舞台深處往上攀登，巨大的鐵製十層階梯。那也是唯一的布景。

好幾道聚光燈同時打在階梯的最上方，玲依就坐在那裡。她只穿著乳白色的單薄襯衣，原本的頭髮綁了起來，上面戴著一頂茶色的短假髮。

玲依臉上掛著看似睡著的平靜表情，緩緩睜開眼睛。她安靜地起身，開始沿著階梯走下來。

由於每一階都高過尋常階梯兩倍，讓玲依只能彎著身慢慢爬下來，燈光也無聲無息地緊跟著她。當她爬到只剩三階時，說出第一句台詞。

『我當然曾經感到不安，但別人肯定對我懷有好幾百倍的期待。就算我當時無法這麼想，也肯定能切身感受到旁人善意的期待。』

當玲依沐浴著燈光，完全從階梯走下來時，她赤腳踏上了舞台。下一瞬間，聚光燈忽然消失，只剩下溫和的舞台燈光籠罩著她，階梯也無聲無息地退到後方。

玲依愣了一下，心不在焉地環視周圍，接著整個人癱坐在舞台的木頭地板上。

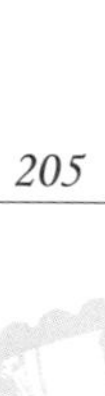

『啊啊啊～～！』

她開始放聲大哭。有如雷聲的宏亮哭聲響徹劇院，淚水也宛如瀑布般從雙眼流下。

『啊啊～～！嗚啊啊啊啊！啊啊～～！』

哭聲只維持了八秒。

『呵呵！』

最後一滴眼淚還沒落在地板上，玲依就像花朵綻放般露出微笑。

『啊哈哈哈！啊哈哈哈哈！』

這次她笑了出來。她開始東張西望，看著周圍笑個不停。

玲依的雙手動了起來。她先把手伸向自己的右邊，輕撫不存在的某人的頭，接著又轉身看向左邊，同樣摸了摸另一個人。

玲依開始奔跑。她先是在舞台上輕快地跳著，接著立刻變成小跑步，最後變成全速奔跑。

『啊啊！我好開心！跟大家在一起真是太開心了！好大！世界真的好大！

草原、天空、太陽、雪與風……我全都喜歡！』
玲依一邊大喊，一邊在無人的舞台上繞了三圈。
『可是……』
她停下腳步，瞬間露出變了個人似的表情，看著舞台右側——也就是從觀眾席看過去的左側，用彷彿要沉入地底的聲音小聲呢喃。
『再見。再見……再見……再見……』
接著她突然一個轉身，看向從舞台左側走過來的某種東西，最後小心翼翼地跟對方說話。
『您好，很高興認識您。今後請……多多指教。』
說完這句話過了三秒，玲依靜靜地笑了。
她慢慢晃著頭，像隨著波浪搖擺地邁出腳步。她先走到舞台左側，又走了回來，疑惑地歪著頭。
『那是在做什麼？做那種事……好玩嗎？』
她在那裡向某人問了這個問題，然後她得到答案，迅速轉身面對觀眾席，露出開朗的笑容大喊：
『沒錯！如果好玩！我就要做！快點教我！快點教我！』
剛說完這段話，她就換上猛獸般的凶狠表情，還露出了牙齒。
『「我要吃掉你！我要從頭開始把你吃掉喔！」』
剛說完這段話，她就抬起下巴，露出藐視一切的表情。
『「你知道自己在跟誰說話嗎？」』
剛說完這段話，她就用銳利的眼神瞪了過來。
『「我不會把這女孩交給別人！我一定會拚死保護她！來吧，快點把槍給我！」』
剛說完這段話，她就一個轉身，露出燦爛的笑容。
『「神一定在看著我們！因為這個世界如此美麗！」』
剛說完這段話，玲依就拉起沒穿在身上的禮服裙襬，慢慢收回右腳，行了個禮。
『謝謝。謝謝。謝謝大家。』

玲依恢復原本的姿勢微微一笑，就輕輕揮著手走到舞台右側，接著又走回舞台中央。

舞台的燈光在這段期間慢慢暗下來，聚光燈再次打在玲依身上。

『啊啊，今天也非常辛苦呢……我去了各種世界，還以為自己又要回不來了。我一直很害怕，現在應該也一樣害怕。可是，很開心……真的很開心！』

玲依展開雙手，露出孩童般的直率笑容大喊。

『因為我就是我！無論何時都身在此處！我就是我！就是自己過去憧憬的我！不是別人的我！我——就是我！』

當她說完這段話的瞬間，所有聚光燈全都熄滅了。舞台上變得一片漆黑，寂靜籠罩著劇院——

當強烈的燈光又點亮時，階梯再次出現，而玲依就坐在最上面。

玲依臉上掛著看似睡著的平靜表情，緩緩睜開眼睛。她安靜地起身，開始沿著階梯走下來。由於每一階都高過尋常階梯兩倍，讓玲依只能彎著身慢慢爬下來，燈光也無聲無息地緊跟著她。當她爬到只剩三階時，說出第一句台詞。

『我當然曾經感到不安，但別人肯定對我懷有好幾百倍的期待。就算我當時無法這麼想，也肯定能切身感受到旁人善意的期待。』

內容完全相同。

玲依又重新演了一次完全相同的內容。

不管是表情、動作與台詞，還有其中蘊含的情感，都跟重複播放影片一樣完全相同。

『我——就是我！』

隨著她說完最後一句話，燈光同樣再次熄滅。

然後她又開始演第三次。

她演完第三次，又開始演第四次；演完第四次，又開始演第五次；演完第五次，又開始演第六次；演完第六次，又開始演第七次；演完第七次，又開始演第八次；演完第八次，又開始演第九次；演完第九次——

台下那位跟雕像一樣動也不動的觀眾，直到第十五次演到一半時才終於稍微動了一下；直到第二十三次演完才終於抬起頭來。

直到開始演第四十三次的時候，才終於從椅子上站起來；直到第六十六次快演完的時候，才終於拿下那頂黑色帽子與面紗。

聚光燈的光芒在玲依身上反射，微微點亮了世界，讓劇院裡唯一一位觀眾的臉龐從黑暗中浮現。

那位觀眾有著茶色短髮，長得跟舞台上的玲依非常像。只有年紀比她略長，看起來大約二十出頭。

觀眾緩緩吸了口氣。

然後——

『『啊啊，今天也非常辛苦呢……』』

她在完全相同的時間點，說出玲依口中的台詞。

『『我去了各種世界，還以為自己又要回不來了。我一直很害怕，現在應該也一樣害怕。』』

觀眾站了起來。

『『可是，很開心……真的很開心！』』

她展開雙手，露出孩童般的直率笑容大喊。

『『因為我就是我！無論何時都身在此處！我就是我！就是自己過去憧憬的我！不是別人的我！』』

舞台上的玲依與底下的觀眾四目相對。

接著抓準時機同時開口：

『『我——就是我！』』

當她們說完最後這句話的瞬間，現場響起一聲巨響，所有聚光燈都熄滅了。舞台上變得一片漆黑，寂靜籠罩著劇院——

當燈光再次點亮，階梯沒有出現，而玲依就站在舞台中央。

玲依慢慢地、深深地、安靜地低頭行禮。

玲依重新抬起頭時，她得到了微弱的掌聲，還聽到對方這麼問：

「請問，我可以再去那裡找妳嗎？」

「隨時歡迎。」

玲依笑著如此回答，跟她有著同樣臉孔的觀眾也笑了。

玲依走到舞台左側，低頭敬禮後就消失了。

觀眾席的燈光再次點亮整個世界——那位穿著黑色禮服，把帽子丟到一邊的女性緩緩走到通道，朝著外面邁出腳步。

「妳覺得呢？」

「…………」

玲依的表情都僵了。

「如果妳不知道——」

就算了。因幡本想這麼說——

「是救贖嗎？」

卻被玲依用短短一句話打斷了。

因幡有一瞬間驚訝地睜大眼睛，但他很快就瞇了起來，幾乎是瞪著玲依地這麼問：

「……………為什麼妳會這麼想？」

「我也說不上來。」

車子再次動彈不得。

「算了。妳答對了。這是為了拯救某位女性的靈魂而寫出來的劇本。」

「這劇本是你寫的嗎？」

「怎麼可能。那個人比我溫柔多了。」

「是喔……不過，聽到你說我答對，我好像更明白了。我猜這個人是一位女性——她的心應該是跑到某個『不一樣的世界』了吧。她變得搞不清楚自己到底是誰了。」

「沒錯。妳知道她為何會變成那樣嗎？」

「…………這只是我亂猜的。」
「妳就說說看吧。」
「那個人……應該是一位女演員吧？她演了許多角色，演得太投入……」
「妳答對了。」
車子再次動了起來，窗外的各種廣告看板也緩緩消失在後方。
「剛好。那個人現在就在窗外。」
「唔咦？」
玲依轉過頭，剛好看到一部電影的廣告看板。
看板上大大地畫著一位穿著西部片的服裝，拿著步槍騎在馬背上的女子。
那名女子留著一頭黑色長髮，看起來既美麗又堅強。
「就是她嗎？」
當玲依這麼問時，車子稍微動了一下，停在另一幅看板前面。
這幅看板同樣畫著精美的圖。一名有著茶色短髮的女子穿著窄裙套裝，疑似站在小學教室的講台上。她是一位知性美女，跟那位西部片女子給人的感覺完全不同，但她們長得一模一樣。

「沒錯，就是她。就是妳現在看到的那個人。」

「哇～～看來她很紅耶。」

「她是這個世界最紅的女演員，沒有人不認識她。她還主演了其他好幾部電影，也經常在舞台上表演。」

「哇～～」

玲依只能佩服地如此讚嘆。因幡平靜地繼續說：

「她從小就喜歡演戲，夢想成為一位演員，後來也年紀輕輕就實現夢想，成功爬上巔峰。不過，她原本就有容易演得太投入的傾向。此外，她在成為職業演員後學到完全釋放情感的演戲技巧，讓她習慣『徹底變成某個角色，而不是扮演那個角色』，這種傾向也更嚴重了。她同時接了太多工作，結果某一天就突然回不來了——我聽說是這樣。」

「怎麼會這樣……」

車子動了起來。也許是終於擺脫塞車路段，速度順利加快了。

「因此，為了把她帶回現實世界，就必須演戲給她看，讓她看看自己扮演別人的樣子。那個劇本其實就是從她出生，在這個遼闊的世界長大，經歷父母離婚與再婚，在小學被一位優秀的老師看上，因此接觸演戲，後來迅速累積實力，直到成為知名女演員的超級濃縮版。而我們的目標就是讓她反覆觀看那部戲，因為『如果要讓她醒過來，就得讓鬧鐘一直響到她清醒為止』。」

「就是要靠別人的演技幫她找回被演技奪走的心吧！真是個好辦法！那又是誰想到這個辦法的？」

「我剛才已經提到那個人了。」

「啊，我知道了！就是那位老師對不對！他應該也很關心這位變成知名女演員的學生吧……！」

「沒錯。劇本是那位老師寫的，而且她的經紀人與隸屬的演藝經紀公司，還有好幾間電影公司與劇院，都幫忙促成了這件事。為了將她重新帶回這個世界，才會有這次的大作戰。」

「真是一樁美事！而且我也是其中一員！我會努力的！」

「妳是我們的最後一張王牌。沒人知道這個計畫是否會成功，也無法保證這個劇本可以把她帶回來。就算能成功把她帶回來，也不知道必須演幾次同樣的戲才辦得到。」

「我可以一直演到死！不然就是演到她真的睡著為止！」

「妳這種幹勁倒是值得稱讚。」

車子越過一座大橋，來到一座看起來很豪華的劇院門口，就這樣開進小路，進到地下停車場。

玲依待在後台休息室的屏風後面，在那裡換回原本的制服。

「因幡先生，方便打擾一下嗎？那位女士說想見你。」

當因幡站在牆邊等她時，房門微微打開，黑衣男子探頭進來這麼問了。

「玲依，妳可以暫時一個人待在這裡嗎？」

「好的！沒問題！等我換好衣服，只要在這個房間等你回來就行了吧？我可以吃掉那些看起來很好吃的點心嗎？」

「全部給妳。」

「好耶！」

因幡走到門外，跟著黑衣男子來到劇院的入口大廳，在那裡遇到被一群魁梧保鑣包圍的女演員。

因幡緩緩走到女演員面前，抬頭仰望她那雙灰色的眼睛。

女演員露出妖豔的微笑。

「因幡先生，謝謝你的幫忙，我總算醒過來了。請幫我向那位才華洋溢的女孩致上最深的謝意。」

「我會的，請您不用這麼客氣。可以順利完成工作，我們也很高興。」

因幡恭敬地這麼說，女演員疑惑地微微歪著頭。

「經紀人剛才告訴我，你們來自其他世界，這是真的嗎？」

「是真的。」

「我該怎麼相信你？」

「玲依就算跟妳四目相對，也不會突然變興奮或畏畏縮縮，也不會向妳要簽名對吧？難道這還算不上證據？」

「…………好吧，我信了。」

女演員聳聳肩膀。

「對了，你說那女孩名叫『玲依(REI)』，就是『光(RAY)』的意思吧？真好聽，這名字真是太適合她了。」

她露出電影看板上那種女老師的表情。

然後又立刻換上西部片裡那種強悍的表情，瞪著因幡。

「那女孩很優秀。她無數次扮演我，拿出全力扮演……不，是徹底變成了我，我才能想起自己是誰。可是……這樣難道不會害她變得跟我一樣嗎？」

「不會。絕對不可能。」

因幡毫不猶豫地如此回答。

「為什麼……既然她是人類，就無法斷言絕不會發生那種事吧？如果真的

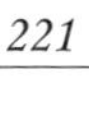

有辦法避免那種情況，我也想知道該怎麼預防。」

「原來如此……如果妳能保證絕對不會告訴她本人，我就告訴妳原因。算了，我就直接對妳說出一切吧。反正只要說完這些話，我們就會立刻前往其他世界。我還會告訴妳『玲依』這個與『光』無關的名字是怎麼來的。不過，我想妳應該不會相信，妳只會覺得我是個腦袋不正常的傢伙。」

「你放心。反正在我們這個業界，本來就沒有腦袋正常的傢伙。」

＊　＊　＊

總經理坐在經紀公司的沙發上喝著咖啡。

「哦～～聽起來很有趣耶。玲依，謝謝妳。真不愧是妳！」

總經理笑著看向玲依，還用食指指著她。

「嘿嘿嘿。謝謝總經理。」

玲依拿著咖啡完全沒變少的杯子，回給總經理一個羞澀的笑容。

「竟然有人因為演戲太過投入而無法回來……真可怕，不管在什麼樣的世界都會發生一樣的事呢。」

「我應該……還沒有那種實力……但我是不是也該擔心一下啊……？」

「咦～～？不用喔，妳不需要擔心那種事。妳該擔心的是其他問題。」

「什麼問題？」

「妳那杯咖啡應該冷掉了吧？」

完

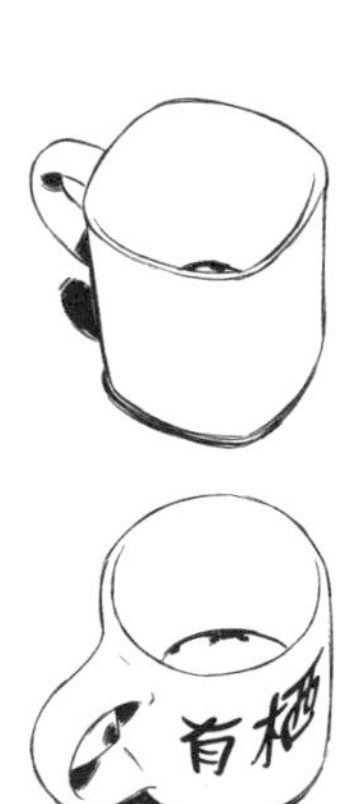

後記

各位讀者，大家好。如果是新讀者，很高興認識你們。我叫時雨沢惠一。

感謝各位拿起這本《玲依的世界—Re:I—1 Another World Tour》（以下簡稱《玲依的世界》）。

這部作品有先發售電子書版本（從1st Step到3rd Step，每一集各有兩話），所以我每次都有寫一篇後記。但這次是實體書專用的後記，要是內容有重複的地方，還請各位多多包涵。因為是很重要的事嘛。

此外，由於有些讀者會先看後記，可能會破哏的地方，我都會打上叉號！

至於我要說的重要的事情——

就是這本《玲依的世界》是一個從插畫誕生的故事。

黑星紅白老師先畫了穿著舞台表演服與制服的美少女（收錄在《黑星紅白畫集：blanc》當中！）。

編輯大人：「你要不要幫這幅畫寫一篇故事看看？」

時雨沢：「（想了又想）你覺得把這女孩設定為歌手或演員，讓她每次都前往不同的××××工作的故事怎麼樣？」

編輯大人：「就是這個！」

這個故事就是這樣誕生的。

我過去不曾以插畫為基礎構思出一部作品，這讓我寫得非常開心。

順帶一提，至於我們為何會把這麼棒的角色放著生灰塵，我將來說不定也會告訴大家！

總之，雖然這是一部意外誕生的作品，但只要腦袋裡還有靈感，我就會繼續寫下去。

不管前往什麼樣的××××，玲依都會全力以赴。請大家拭目以待。

又及

因為這是第一集，我這次只能正經地寫後記！

從下一集開始，我想寫出更不正經的後記！

2021年1月　時雨沢惠一

感謝各位
拿起這本
《玲依的世界》！
因為某些緣故，
我先設計出來的
角色被時雨沢老師
寫成精彩的故事了！
真是太棒了！
我真的覺得
很開心。
今後也會繼續期待
玲依寶貝的發展。
黑星紅白

奇諾の旅 Ⅰ~XXIII 待續

作者：時雨沢惠一　插畫：黑星紅白

那國家有口大箱子，許多國民在裡面沉眠!?
銷售高達820萬本的輕小說界不朽名作！

「妳說那只箱子嗎？那是守護我們永遠生命的東西啊！」看似不到二十歲的入境審查官對奇諾如此說明：「在那裡，有許多國民們沉眠著！」「沉眠著……？」奇諾將頭歪向一邊表達不解。「那裡可不是墓地喔！大家都還活著！只不過——」

各 **NT$180~260/HK$50~78**

刀劍神域外傳GGO 1~11 待續

作者：時雨沢惠一　插畫：黑星紅白

第五屆Squad Jam開始，
蓮竟然被懸賞了高額賞金！

身為贊助者的作家這次制定的是「可以切換成由同伴幫忙搬運的一整套其他裝備」這種必定讓所有玩家陷入混亂的特殊規則。決定要挑戰SJ5的蓮等人舉行作戰會議，結果意想不到的通知寄到他們手邊——「將送給在這次的SJ裡殺掉蓮的玩家一億點數」……

各 **NT$220~350/HK$73~117**

國家圖書館出版品預行編目資料

玲依的世界-Re:I- : Another World Tour/時雨沢惠一作 ; 廖文斌譯. -- 初版. -- 臺北市 : 臺灣角川股份有限公司, 2023.08-
冊 ; 公分. -- (Kadokawa fantastic novels)
譯自 : レイの世界—Re:I— : Another World Tour
ISBN 978-626-352-820-8(第1冊 : 平裝)

861.57 112009608

Kadokawa
Fantastic
Novels

玲依的世界 —Re:I— 1
Another World Tour

（原著名：レイの世界 —Re:I— 1 Another World Tour）

2023年8月23日　初版第1刷發行

作　者：時雨沢惠一
插　畫：黑星紅白
譯　者：廖文斌

發行人：岩崎剛人
總編輯：蔡佩芬
編　輯：孫千棻
美術設計：宋芳茹
印　務：李明修（主任）、張加恩（主任）、張凱棋

發行所：台灣角川股份有限公司
地　址：104台北市中山區松江路223號3樓
電　話：（02）2515-3000
傳　真：（02）2515-0033
網　址：www.kadokawa.com.tw
劃撥帳戶：台灣角川股份有限公司
劃撥帳號：19487412
法律顧問：有澤法律事務所
製　版：巨茂科技印刷有限公司
ISBN：978-626-352-820-8